Nō te tau 1929 i whānau mai ai a Brian Friel i te whaitua o Tairona, i Airangi, ā, nō te tau 2015 ia i mate ai i te whaitua o Tonekara. E maharatia ana ko ia tētahi o ngā tino tohunga ki te tuhi whakaari o tōna wā, ā, nōna hoki 'te reo o Airangi i rangona puta noa i te ao'. I roto i āna mahi i nuku atu i te rima tekau tau te roa, i whakaputa ia i ētahi whakaari e 24, ā, nō te tau 1980 i whakatūria ai e rāua ko Stephen Rea te Field Day Theatre Company. Ko *Translations* te whakaaturanga tuatahi a te whare tapere nei.

He kaiako reo Māori, he kaituhi, he kaiwhakawhiti reo hoki a Hēmi Kelly (nō Ngāti Maniapoto, nō Ngāti Tahu-Ngāti Whāoa). Nāna i tuhi te pukapuka *A Māori Word A Day*, ka whai mai ko *A Māori Phrase A Day*. Nāna i whakamāori te pakimaero poto o *Sleeps Standing* nā Witi Ihimaera, te pakimaero o *The Alchemist* nā Paulo Coelho, ā, nāna hoki tēnei whakaari o *Translations* nā Brian Friel i whakamāori. Ko Hēmi te Kaiwhakahaere o Tautika Ltd, he kaitohutohu reo Māori ia, ā, ko ia hoki te kaihanga me te kaiwhakahaere i ngā pae ako ā-ipurangi o Everyday Māori.

NGĀ WHAKAMĀORITANGA

nā
BRIAN FRIEL

nā
HĒMI KELLY
i whakamāori

TE HERENGA WAKA
UNIVERSITY PRESS

Te Herenga Waka University Press
Victoria University of Wellington
PO Box 600, Te Whanganui-a-Tara
Aotearoa New Zealand
teherengawakapress.co.nz

Tānga tuatahitanga 2022

Ka nui te mihi a te kaiwhakamāori me te kaitā te tautoko mai a
Te Aka Aorere o Airangi.

He mea tā e Bluestar, i Te Whanganui-a-Tara

mā
STEPHEN REA

Int én bec
ro léic feit
do rinn guip
glanbuide;
fo-ceird faíd
ós Loch Laíg,
lon do chraíb
chrannmuige.

The blackbird's whistle, tipping
The blossom-yellowed bough –
Its matching yellow beak flinging
Notes across Belfast Lough.

Koua pekī te manu kerekere
I runga peka pua kōhai –
Tana ngutu kōhai tangi atu ai
Ki te kokoru nui o Perapahi

Ko ngā ruri ēnei nō te hōtaka mō te whakaaturanga
tuatahitanga a Feild Days
Nā Vincent O'Sullivan i whakapākehā
Nā Hēmi Kelly i whakamāori

Fégaid uaib
sair fo thuaid
in muir muad
mílach;
adba rón
rebach, rán,
ro-gab lán
línad.

Look, the great flooding sea, the north-west's glint
Where the seals sport, the roads great whales haunt –
Look to its grand shining, the north-west sea.

Titiro whaka-te-māuru ki te moana nui
E kapa nei te kekeno, ngā ripoinga rā o nui tohorā –
Titirohia te moana māuru e kānapanapa mai rā

HE MIHI

I want to start by acknowledging my Irish and Māori whakapapa. My mother's mother, Caroline Emery of Ngāti Maniapoto, came from a small pā called Te Kōpua in the King Country, or Te Nehenehenui, as it was originally known. My father's father, Kevin Kelly, came from a small village in County Wexford called Tagoat, originally Teach Gót. It's through my two grandparents that I personally connect to this project and its story.

This story speaks to the importance of our names, our people's names and our place names. Each name bears a narrative that holds meaning and acts as a prompt to the seanchaí or pūkōrero, a reminder of the connection between past and present. When these names are distorted or changed, the meanings and connections held within are disjointed, blurred or lost completely. Tagoat is a perfect example – it is a meaningless word. Teach Gót (Gót's House), on the other hand, has a story to tell.

Te Nehenehenui means 'The Great Forest'. After arriving from Hawaiki on the Tainui canoe, my ancestor Hoturoa and his people began exploring inland of Kāwhia, where they had established themselves. Upon arriving at the foothills of the mountain range we now know as Pirongia, Hoturoa sent his scouts ahead. When they reached the summit, he called out, 'He aha kei tua?' (What lies beyond?). Their response, 'He nehenehe nui' (A great forest), became the name of our tribal area, which is now commonly referred to as the King Country, another story altogether.

My two grandparents grew up worlds apart from each other sharing similar experiences in the colonisation of their peoples and living with the effect that had on the livelihood

9

of their families, their ties to their ancestral lands, and their mother tongues and cultures. I thought of them as I translated this text. I thought of the hardships they must have endured to survive in a world that demanded they change. I wonder if they could have envisioned the progress we've made to reclaim, reinstate and revive our names and our narratives, as Irish and Māori.

I want to acknowledge Peter Ryan, the Irish Ambassador, for giving me the opportunity to weave together the worlds of my two grandparents and continue strengthening the bond between our communities. This project has provided a pathway for me to connect with and learn more about my Irish whakapapa, language and culture. I want to thank you, Peter, and Faran Foley from the Embassy, for your support throughout the project. Tēnā kōrua, e aku rangatira.

I must also acknowledge my dear friends Jamie Te Huia Cowell and Hollie Smith – and their expertise in te reo Māori – for proofreading and editing the Māori translation. E ngā hoa pirihonga, tēnā koe.

I want to thank my friend Aoife Finn, from Dublin, who dedicated hours on call and email to answering my questions about the names and words, Irish slang and idioms that are scattered throughout the characters' discourse in the play. I would not have been able to translate the words of Brian Friel adequately if it wasn't for your help in understanding their meanings. Tēnā koe, e te hoa.

In our discussions, Aoife and I decided it was best to translate people's names phonetically; therefore, Hugh becomes Hū and so on. However, there are times when the meaning of a person's name has been translated, which is a common practice amongst our old people; therefore, Maire Chatach (chatach means curly) becomes Moera Māwhatu (māwhatu also means curly).

Aoife and I mulled over the most respectful way to handle the Irish place names, as they are at the very heart of this story. In the original text, you will see the original place names are sometimes reworded one of two ways: they are Anglicised (Baile Beg becomes Ballybeg) or the meaning of the original name is translated (Lis na Muc becomes Swinefort). Where a name has been Anglicised phonetically, I have done the same in Māori (Ballybeg is Parepēke). Where the meaning of the name has been translated, I have followed suit (Swinefort is Pāpoaka). We decided to honour the original Irish place names by leaving them as they were.

Returning to my two grandparents, I'm mindful that I am one of many people living in Aotearoa and abroad who share Irish and Māori whakapapa. I hope this story provides a pathway for those people to strengthen their connection to their identity as Irish Māori – as it has done for me.

Kei ngā tūpuna nā koutou i tūhono ai ngā iwi e rua nei, moe mai koutou i te mārie o te pō. Kei ngā uri, kei ngā ingoa o rātou mā, kia mau tātou ki ngā kāwai o ō tātou tūpuna.

Nā Hēmi Kelly

TE RĀRANGI UPOKO

The action takes place in a hedge-school in the townland of Baile Beag/Ballybeg, an Irish-speaking community in County Donegal.

ACT ONE	An afternoon in late August 1833.
ACT TWO	A few days later.
ACT THREE	The evening of the following day.

(For the convenience of readers and performers unfamiliar with the language, roman letters have been used for the Greek words and quotations in the text. The originals, together with the Latin and literal translations, appear in the Appendix.)

Kei tētahi wharekura i te papakāinga o Baile Beag, o Parepēke rānei te whakaaturanga nei, he hapori kōrero Airihi kei te whaitua o Tonekara.

TE UPOKO TUATAHI	I tētahi ahiahi i te pito o Ākuhata, i te tau 1833.
TE UPOKO TUARUA	I ētahi rā i muri mai.
TE UPOKO TUATORU	I te ahiahi o te rā i muri mai.

(Hei āwhina i ngā kaipānui me ngā kaiwhakaari e kūare ana ki te reo, kua whakamahia ngā pū rōmana mō ngā kupu me ngā kī horipū Kariki kei roto i te tuhinga nei. Kei te Āpitihanga ngā kupu ake, ngā kōrero Rātini me ngā whakamāoritanga ā-kupu.)

Act One

The hedge-school is held in a disused barn or hay-shed or byre.
Along the back wall are the remains of five or six stalls—wooden
posts and chains—where cows were once milked and bedded. A
double door left, large enough to allow a cart to enter. A window
right. A wooden stairway without a banister leads to the upstairs
living-quarters (off) of the schoolmaster and his son. Around the
room are broken and forgotten implements: a cart-wheel, some
lobster-pots, farming tools, a battle of hay, a chum, etc. There are
also the stools and bench-seats which the pupils use and a table
and chair for the master. At the door a pail of water and a soiled
towel. The room is comfortless and dusty and functional—there is
no trace of a woman's hand.
When the play opens, MANUS is teaching SARAH to speak. He
kneels beside her. She is sitting on a low stool, her head down, very
tense, clutching a slate on her knees. He is coaxing her gently and
firmly and—as with everything he does—with a kind of zeal.
MANUS is in his late twenties/early thirties; the master's older
son. He is pale-faced, lightly built, intense, and works as an unpaid
assistant—a monitor—to his father. His clothes are shabby; and
when he moves we see that he is lame. SARAH'S speech defect is

Te Upoko Tuatahi

*Tū ai te wharekura i tētahi pākoro, i tētahi whare hei, i tētahi
whare kau rānei kua kore nei e whakamahia. Kei te pātū o muri
ngā mahuetanga o ētahi tūnga kau e rima, e ono rānei—ko ngā
poupou me ngā mekameka—ko te wāhi tērā i mirakahia ai, i
takoto ai hoki ngā kau i tōna wā. Kei te taha mauī tētahi kūaha
nui, ko te tomonga kāta te nui. Kei te taha matau tētahi matapihi.
He arapiki rākau kāore nei he puringa ringa e whano atu ana
ki te papa tuarua (kāore e kitea) e noho ai te kura māhita me
tāna tamaiti. He taputapu pākarukaru kua wareware noa e
marara noa ana, huri i te rūma: he wīra nō te kāta, he tāruke,
he taputapu pāmu, he pēre hei, he kōrori pata, he aha atu, he aha
atu. Kei reira hoki ngā tūru me ngā paepae e whakamahia ana e
ngā ākonga, ā, he tēpu, he tūru hoki kei reira mō te māhita. He
pākete wai, he tāora paruparu hoki kei te kūaha. Ko te rūma nei,
kāore i te hāneanea, kua tauria e te puehu, engari he whaitake
tonu—kāore he aha e tohu mai ana kua pāngia mai te rūma nei
e te ringa o te wahine.
Kia tīmata te whakaari, e whakaako ana a MĀNU i a HERA
ki te kōrero. E tūturi ana a MĀNU i tōna taha. E noho ana a
HERA i tētahi tūru poto, kua tuohu tōna māhunga, kua tino
āmaimai hoki, e rarawe ana ōna ringaringa ki tētahi papatuhi
kei ōna kūhā e takoto ana. E mārō ana tā MĀNU āta akiaki i
a ia, ā—pēnei i āna mahi katoa—i runga tonu i te ngākaunui.
Kei ngā tau tōmuri o te rua tekau, kei ngā tau tōmua rānei o te
toru tekau te kaumātua o MĀNU; ko ia te tamatāne mātāmua
a te māhita. He kiritea te kanohi, he āhua pakari, he remurere
hoki, ā, mahi ai ia hei kaiāwhina utukore—he kaitiaki ia—i
tōna matua. He karukaru ōna kākahu; ā, kia neke haere ia ka
kitea e kopa ana te waewae. He pērā rawa te kaha o te tapepa o
te reo o HERA kua whakaarotia ia i tōna rohe he ngū ia mō ngā*

17

so bad that all her life she has been considered locally to be dumb and she has accepted this: when she wishes to communicate, she grunts and makes unintelligible nasal sounds. She has a waiflike appearance and could be any age from seventeen to thirty-five.

JIMMY JACK CASSIE—known as the Infant Prodigy—sits by himself, contentedly reading Homer in Greek and smiling to himself. He is a bachelor in his sixties, lives alone, and comes to these evening classes partly for the company and partly for the intellectual stimulation. He is fluent in Latin and Greek but is in no way pedantic—to him it is perfectly normal to speak these tongues. He never washes. His clothes—heavy top coat, hat, mittens, which he wears now—are filthy and he lives in them summer and winter, day and night. He now reads in a quiet voice and smiles in profound satisfaction. For JIMMY the world of the gods and the ancient myths is as real and as immediate as everyday life in the townland of Baile Beag.

MANUS holds SARAH'S hands in his and he articulates slowly and distinctly into her face.

MANUS: We're doing very well. And we're going to try it once more—just once more. Now—relax and breathe in . . . deep . . . and out . . . in . . . and out . . .
 (SARAH shakes her head vigorously and stubbornly.)
MANUS: Come on, Sarah. This is our secret.
 (Again vigorous and stubborn shaking of SARAH'S head.)
MANUS: Nobody's listening. Nobody hears you.
JIMMY: 'Ton d'emeibet epeita thea glaukopis Athene . . .'

rā katoa o tōna ao, ā, kua whakaae hoki tōna ngākau ki tēnei
whakaaro: kia hiahia ia ki te kōrero, ka nguru te waha, ka puta
hoki i a ia he oro ā-ihu kāore nei i te mārama. He hakurara tōna
āhua, ā, kei waenga i te tekau mā whitu me te toru tekau mā rima
tōna kaumātua.

E noho ana a TIMI TIAKI KAHI i tōna kotahi—e mōhiotia
ana ia ko te Punua Ihumanea—e koa ana te ngākau i te pānui i
a Hauma ki te reo Kariki, kua menemene ōna pāpāringa. He tāne
takakau ia kei ngā tau o te ono tekau te kaumātua e noho takitahi
ana, ā, haere mai ai ia ki ngā akoranga pō kia noho tahi ai ia
ki te tangata, kia hihiko ai hoki ōna mahara. He kōrero Rātini,
he kōrero Kariki hoki engari kāore ia e uhupoho rawa—ki a ia,
he tikanga māori noa iho te kōrero i ēnei reo. Kore rawa atu ia e
horoi. He maniheko ōna kākahu e mau nei ia—he koti matatengi,
he pōtae, he karapu hoki—ā, ko aua kākahu tonu rā ka mau i a
ia raumati mai, hōtoke mai, ao noa, pō noa. E pānui mōhū ana
ia me te menemene anō i runga i te āhuareka. Ki a TIMI, he pērā
rawa te tūturu me te hāngai o te ao o ngā atua me ngā pūrākau o
nehe ki ngā aha noa o te ao nei i te papakāinga o Baile Beag.

E pupuri ana ngā ringaringa o MĀNU i ō HERA, ā, e āta kōrero
mārire ana a MĀNU ki tōna kanohi.

MĀNU: E tino pai ana te haere o tā tāua mahi. Tēnā, kia
    kotahi anō te whakamātau—kia kotahi noa iho anō. Nā—
    kia tau, kia ngā te manawa . . . whakaea . . . tukua . . .
    whakaea . . . ā, tukua . . .
    (Ka kaha te rūrū o te upoko o HERA i runga i te pukutohe.)
MĀNU: Kia kaha, e Hera. Ka noho tapu tēnei ki a tāua.
    (Ka kaha anō te rūrū o te upoko o HERA i runga i te
    pukutohe.)
MĀNU: Kāore tētahi i te whakarongo mai. Kāore tētahi i te
    rongo i a koe.
TIMI: 'Ton d'emeibet peita thea glaukopis Athene . . . '

19

MANUS: Get your tongue and your lips working. 'My
    name—' Come on. One more try. 'My name is—' Good
    girl.
SARAH: My . . .
MANUS: Great. 'My name—'
SARAH: My . . . my . . .
MANUS: Raise your head. Shout it out. Nobody's listening.
JIMMY: '. . . *alia hekelos estai en Atreidao domois* . . .'
MANUS: Jimmy, please! Once more—just once more—'My
    name—' Good girl. Come on now. Head up. Mouth open.
SARAH: My . . .
MANUS: Good.
SARAH: My . . .
MANUS: Great.
SARAH: My name . . .
MANUS: Yes?
SARAH: My name is . . .
MANUS: Yes?
    (SARAH *pauses. Then in a rush.*)
SARAH: My name is Sarah.
MANUS: Marvellous! Bloody marvellous!
    (MANUS *hugs* SARAH. *She smiles in shy, embarrassed
    pleasure.*)
    Did you hear that, Jimmy?—'My name is Sarah'—clear as
    a bell.
    (*To* SARAH.) The Infant Prodigy doesn't know what we're
    at.
    (SARAH *laughs at this,* MANUS *hugs her again and stands
    up.*)
    Now we're really started! Nothing'll stop us now! Nothing
    in the wide world!

MĀNU: Whakamahia tō arero me ō ngutu. 'Ko . . . tōku
ingoa—' Kia kaha. Kia kotahi anō te whakamātau. 'Ko . . .
tōku ingoa—' Ka pai, e kō.
HERA: Ko . . .
MĀNU: Ka rawe. 'Ko . . . tōku ingoa—'
HERA: Ko . . . ko . . .
MĀNU: Kia ara te ua. Tīwahatia. Kāore tētahi i te
whakarongo mai.
TIMI: '. . . alla hekelos estai en Atreidao domois . . .'
MĀNU: E Timi, kāti! Kia kotahi anō—kia kotahi noa iho
anō—'Ko . . . tōku ingoa, ko—' Ka pai, e kō. Kōrero mai.
Kia ara te ua. Kia puare mai te waha.
HERA: Ko . . .
MĀNU: Ka pai.
HERA: Ko . . .
MĀNU: Tino pai.
HERA: Ko . . .
MĀNU: Āe?
HERA: Ko . . . ko . . .
MĀNU: Āe?
(*Ka ngū a* HERA. *Kātahi ka horomi ia i te kōrero.*)
HERA: Ko Hera tōku ingoa.
MĀNU: Ka mau te wehi! Ka mau kē te wehi!
(*Ka awhi a* MĀNU *i a* HERA. *Ka menemene ia i runga i te
āhuareka me te whakamā.*)
E Timi, i rongo koe i tērā?—'Ko Hera tōku ingoa'—
pūrangiaho ana.
(*Ki a* HERA.) Kāore te Punua Ihumanea rā e paku mōhio
he aha tā tāua e mahi nei.
(*Ka kata a* HERA. *Ka awhi anō a* MĀNU *i a ia, ka tū ake
ia.*)
Kua tino tere te waka ināianei! Tē ai he aha hei ārai mai i a
tāua! Tē ai he aha i te ao katoa!

(JIMMY, *chuckling at his text, comes over to them.*)

JIMMY: Listen to this, Manus.

MANUS: Soon you'll be telling me all the secrets that have
been in that head of yours all these years.

Certainly, James—what is it?

(*To* SARAH.) Maybe you'd set out the stools?

(MANUS runs up the stairs.)

JIMMY: Wait till you hear this, Manus.

MANUS: Go ahead. I'll be straight down.

JIMMY: '*Hos ara min phamene rabdo epemassat Athene*—'
'After Athene had said this, she touched Ulysses with her
wand. She withered the fair skin of his supple limbs and
destroyed the flaxen hair from off his head and about his
limbs she put the skin of an old man . . .'! The divil! The
divil!

(MANUS *has emerged again with a bowl of milk and a piece
of bread.*)

JIMMY: And wait till you hear! She's not finished with him
yet!

(*As* MANUS *descends the stairs he toasts* SARAH *with his
bowl.*)

JIMMY: '*Knuzosen de oi osse*—' 'She dimmed his two eyes
that were so beautiful and clothed him in a vile ragged
cloak begrimed with filthy smoke . . .'! D'you see! Smoke!
Smoke! D'you see! Sure look at what the same turf-smoke
has done to myself! (*He rapidly removes his hat to display his
bald head.*) Would you call that flaxen hair?

MANUS: Of course I would.

JIMMY: 'And about him she cast the great skin of a filthy
hind, stripped of the hair, and into his hand she thrust a

(*Ka haere mai a* TIMI *ki a rāua, e ngingio ana i tāna e pānui rā.*)

TIMI: Whakarongo mai, Mānu.

MĀNU: Kāore e roa ka kōrero mai koe i ngā muna katoa kua mau i waenganui i ōu nā taringa i roto i ngā tau roa nei. Tēnā, Tiemi—he aha rā? (*Ki a* HERA.) Māu pea e whakarite ngā tūru?

(*Ka tere te kake a* MĀNU *i ngā arapiki.*)

TIMI: Kia rongo mai koe i tēnei, Mānu.

MĀNU: Kōrero mai. Kua heke tonu iho au.

TIMI: '*Hos ara min phamene rabdo epemassat Athene*—' 'Mutu ana tā Ātena kōrero atu i tēnei nā, ka pā tana tira ki a Ūrihi. Ka memenge i a ia te kiri mā o tōna tinana ngohengohe, ka kino i a ia ngā uru kōrito o tōna upoko, ā, ka tākaia e ia ōna ringaringa me ōna waewae ki te kiri koroheke . . .'! Te mutunga kē mai nei o te māminga!

(*Kua puta mai anō a* MĀNU*, kei a ia tētahi oko miraka me tētahi parāoa.*)

TIMI: Kāti, kia rongo mai koe i tēnei! Kāore anō kia mutu tana raweke i a ia!

(*I a* MĀNU *e heke ana i ngā arapiki ka hiki ia i tana oko ki a* HERA.)

TIMI: '*Knuzosen de oi osse*—' 'Ka weto i a ia ōna karu ātaahua rirerire, ā, ka whakakākahuria a ia ki tētahi kahu whakarihariha e karukaru mai ana, e maniheko mai ana hoki i te paru o te auahi . . .'! Kei te mārama koe? Ko te auahi! Ko te auahi hoki rā! Kei te mārama koe? Titiro mai kua ahatia ahau e taua auahi anō rā e puta ana i te rei! (*Ka tere unu ia i tōna pōtae kia kitea ai te porohewa o tōna upoko.*) Ka kīia rānei e koe he uru kōrito tēnei?

MĀNU: Ehara, ehara!

TIMI: 'Kātahi ia ka kōpaki i a ia ki te kiri nunui o tētahi tia maniheko, kua horehorea ngā huruhuru, ā, ka kokomotia

23

staff and a wallet'! Ha-ha-ha! Athene did that to Ulysses!
Made him into a tramp! Isn't she the tight one?

MANUS: You couldn't watch her, Jimmy.

JIMMY: You know what they call her?

MANUS: 'Glaukopis Athene.'

JIMMY: That's it! The flashing-eyed Athene! By God, Manus,
sir, if you had a woman like that about the house, it's not
stripping a turf-bank you'd be thinking about—eh?

MANUS: She was a goddess, Jimmy.

JIMMY: Better still. Sure isn't our own Grania a class of a
goddess and—

MANUS: Who?

JIMMY: Grania—Grania—Diarmuid's Grania.

MANUS: Ah.

JIMMY: And sure she can't get her fill of men.

MANUS: Jimmy, you're impossible.

JIMMY: I was just thinking to myself last night: if you had
the choosing between Athene and Artemis and Helen
of Troy—all three of them Zeus's girls—imagine three
powerful-looking daughters like that all in the one parish
of Athens!—now, if you had the picking between them,
which would you take?

MANUS: (*To* SARAH.) Which should I take, Sarah?

JIMMY: No harm to Helen; and no harm to Artemis; and
indeed no harm to our own Grania, Manus. But I think
I've no choice but to go bull-straight for Athene. By God,
sir, them flashing eyes would fair keep a man jigged up
constant!

(*Suddenly and momentarily, as if in spasm,* JIMMY *stands to
attention and salutes, his face raised in pained ecstasy.*)

MANUS *laughs. So does* SARAH. JIMMY *goes back to his*

24

atu ki tōna ringa tētahi tiripou me tētahi kopa'! Ha-ha-
ha! I pērāhia a Ūrihi e Ātena! Nāna ia i whakahākoke! Te
mutunga kē mai nei o te mūrere, nē?

MĀNU: Ehara, e Timi, he kātuarehe hoki.

TIMI: Kei te mōhio koe ki tā rātou ingoa mōna?

MĀNU: *'Glaukopis Athene.'*

TIMI: Koia, koia! Ko Ātena mata rarapa! E tama, me i a koe
tētahi wahine pērā i te kāinga, e kore ō mahara e warea ki
te keri rei, nē?

MĀNU: E Timi, he atua wahine hoki.

TIMI: Engari, kāore ia e rite ki tō tātou atua, ki a Kōnia, he
momo atua anō, ā—

MĀNU: Ki a wai?

TIMI: Ki a Kōnia—Kōnia—Tā Tiamiti Kōnia.

MĀNU: Aaa.

TIMI: E kore e ngata tana hiakai ki te tāne.

MĀNU: E Timi, e.

TIMI: I te whakaaro ahau i te pō rā: me i āhei koe ki te
kōwhiri i a Ātena, i a Āteremihi, i a Hērena o Toroi
rānei—katoa rātou tokotoru he tamāhine nā Heuhi—nā,
whakaarohia ake ngā tamāhine tokotoru taiea rā, katoa
kei te pāriha kotahi o Ātene!—tēnā, me i āhei koe ki te
kōwhiri i tētahi o rātou, ko wai tāu e tango nā?

MĀNU: (*Ki a* HERA.) E Hera, me kōwhiri au i a wai?

TIMI: Kei pāmamae a Hērena; kei pāmamae hoki a
Āteremihi; ā, kei pāmamae hoki tō tātou atua, a Kōnia.
Engari me pēhea hoki ahau e kore ai e kotahi atu ki a
Ātena. E tama, tora tonu mai a tama ngarengare i ōna
mata rarapa!

(*I taua wā tonu, mō te wā poto noa iho nei, ānō e tākiri ana,
ka tū tika ake a* TIMI, *ka oha tōna ringa, e mura ana hoki
tōna mata i te manahau.*)

Ka kata a MĀNU. *Ka kata hoki a* HERA. *Ka hoki a* TIMI

25

seat, and his reading.)

MANUS: You're a dangerous bloody man, Jimmy Jack.

JIMMY: 'Flashing-eyed'! Hah! Sure Homer knows it all, boy. Homer knows it all.

(MANUS *goes to the window and looks out.*)

MANUS: Where the hell has he got to?

(SARAH *goes to* MANUS *and touches his elbow. She mimes rocking a baby.*)

MANUS: Yes, I know he's at the christening; but it doesn't take them all day to put a name on a baby, does it?

(SARAH mimes pouring drinks and tossing them back quickly.)

MANUS: You may be sure. Which pub?

(SARAH *indicates.*)

MANUS: Gracie's?

(*No. Further away.*)

MANUS: Con Connie Tim's?

(*No. To the right of there.*)

MANUS: Anna na mBreag's?

(*Yes. That's it.*)

MANUS: Great. She'll fill him up. I suppose I may take the class then.

(MANUS *begins to distribute some books, slates and chalk, texts etc. beside the seats.*

SARAH *goes over to the straw and produces a bunch of flowers she has hidden there.*

During this.)

JIMMY: '*Autar o ek limenos prosebe*—' 'But Ulysses went forth from the harbour and through the woodland to the place where Athene had shown him he could find the good swineherd who—*o oi biotoio malista kedeto*'—what's that, Manus?

MANUS: 'Who cared most for his substance'.

26

ki tōna tūru ki tāna e pānui rā.)

MĀNU: Kātahi nā te tangata tūkari ko koe, Timi Tiaki.

TIMI: 'Ngā mata rarapa'! Ha! E tama, e tino mōhio ana a Hauma. E tino mōhio rawa atu ana a Hauma.

(Ka haere a MĀNU ki te matapihi, titiro atu ai.)

MĀNU: Kei hea rā te tangata nei e ngaro ana?

(Ka haere a HERA ki a MĀNU ka pā atu ia ki tōna tuke. Ka whakatau atu ia, e okooko ana ia i tētahi pēpi.)

MĀNU: Āe, e mōhio ana ahau kei te iriiringa ia; engari kāore e pau te rā katoa i te tapa i te pēpi ki tētahi ingoa, nē?

(Ka whakatau a HERA e riringi ana, e inu ana hoki ia i ētahi inu.)

MĀNU: Kāore hoki e kore. Kei tēhea pāparakāuta?

(Ka tohu te ringa o HERA.)

MĀNU: Kei tō Kerehi?

(Kāo. Kei tawhiti atu.)

MĀNU: Kei tō Kani Koni Timi?

(Kāo. Kei te taha matau o reira.)

MĀNU: Kei tō Ani Horihori?

(Āe. Koia.)

MĀNU: Ka pai. Māna rātou e manaaki. Māku pea e kawe te akoranga.

(Ka huri a MĀNU ki te tohatoha i ētahi pukapuka, i ētahi papatuhi, i ētahi tioka me ētahi tuhinga ki te taha o ngā tūru.

Ka haere atu a HERA ki te pēre hei, tiki ai i ētahi putiputi nāna i huna i reira.

I a ia e pērā ana.)

TIMI: *'Autar o ek limenos prosebe—'* 'Engari ka haere atu a Ūrihi i te whanga mā te ngahere ki te wāhi i whakaaturia mai ai e Ātena, ki reira kitea ai e ia te kaitiaki poaka pai i—*o oi biotoio malista kedeto'*— he aha tēnā, Mānu?

MĀNU: 'Ko ia te mea i kaha atu tana tiaki i ana rawa'.

JIMMY: That's it! 'The good swineherd who cared most for his substance above all the slaves that Ulysses possessed . . .'

(SARAH *presents the flowers to* MANUS.)

MANUS: Those are lovely, Sarah.

(*But* SARAH *has fled in embarrassment to her seat and has her head buried in a book,* MANUS *goes to her.*)

MANUS: Flow-ers.

(*Pause,* SARAH *does not look up.*)

MANUS: Say the word: flow-ers. Come on—flow-ers.

SARAH: Flowers.

MANUS: You see?—you're off!

(MANUS *leans down and kisses the top of* SARAH'S *head.*)

MANUS: And they're beautiful flowers. Thank you.

(MAIRE *enters, a strong-minded, strong-bodied woman in her twenties with a head of curly hair. She is carrying a small can of milk.*)

MAIRE: Is this all's here? Is there no school this evening?

MANUS: If my father's not back, I'll take it.

(MANUS *stands awkwardly, having been caught kissing* SARAH *and with the flowers almost formally at his chest.*)

MAIRE: Well now, isn't that a pretty sight. There's your milk. How's Sarah?

(SARAH *grunts a reply.*)

MANUS: I saw you out at the hay.

(MAIRE *ignores this and goes to* JIMMY.)

MAIRE: And how's Jimmy Jack Cassie?

JIMMY: Sit down beside me, Maire.

MAIRE: Would I be safe?

TIMI: Koia! 'Te kaitiaki poaka i kaha atu tana tiaki i ana rawa i ngā pononga katoa a Ūrihi . . . '
(*Ka hoatu e* HERA *ngā putiputi ki a* MĀNU.)
MĀNU: Wiii, he ātaahua, e Hera.
(*Engari kua oma atu a* HERA *ki tōna tūru i runga i te whakamā, ā, e huna ana tōna mata i tētahi pukapuka. Ka haere atu a* MĀNU *ki a ia.*)
MĀNU: Puti-puti.
(*Ka ngū. Kāore a* HERA *e titiro ake.*)
MĀNU: Kōrerotia te kupu: puti-puti. Kōrero mai—puti-puti.
HERA: Putiputi.
MĀNU: Ana! Kāore he painga i a koe!
(*Ka tūpou iho a* MĀNU *ki te kihi i te timuaki o* HERA.)
MĀNU: Waihoki, he putiputi ātaahua. Tēnā koe.
(*Ka tomo mai a* MOERA, *he wahine mārohirohi, he pakari te tinana, kei ngā rua tekau ōna tau, ā, he makawe mingimingi ōna. E kawe ana ia i tētahi kēne iti e kī ana i te miraka.*)
MOERA: Ko tātou anahe kei konei? Kāore he kura i te ahiahi nei?
MĀNU: Ki te kore taku pāpā e hoki mai, māku te akoranga e kawe.
(*E hūiki ana te tū a* MĀNU *i te kitenga ōna e kihi ana i a* HERA *me te tata hoki o ngā putiputi ki tōna uma.*)
MOERA: Ki a kōrua hoki. Anei tō miraka. E pēwhea ana a Hera?
(*He nguru te whakahoki a* HERA.)
MĀNU: I kite au i a koe i waho e mahi hei ana.
(*Ka piki a* MOERA *i tā* MĀNU *kōrero, ka haere atu ai ki a* TIMI.)
MOERA: E pēwhea ana a Timi Tiaki Kahi?
TIMI: Noho mai, Moera.
MOERA: Ka pai rānei au?

JIMMY: No safer man in Donegal.

(MAIRE *flops on a stool beside* JIMMY.)

MAIRE: Ooooh. The best harvest in living memory, they say; but I don't want to see another like it. (*Showing* JIMMY *her hands.*) Look at the blisters.

JIMMY: *Esne fatigata?*

MAIRE: *Sum fatigatissima.*

JIMMY: *Bene! Optime!*

MAIRE: That's the height of my Latin. Fit me better if I had even that much English.

JIMMY: English? I thought you had some English?

MAIRE: Three words. Wait—there was a spake I used to have off by heart. What's this it was?

(*Her accent is strange because she is speaking a foreign language and because she does not understand what she is saying.*)

'In Norfolk we besport ourselves around the maypoll.' What about that!

MANUS: Maypole.

(*Again* MAIRE *ignores* MANUS.)

MAIRE: God have mercy on my Aunt Mary—she taught me that when I was about four, whatever it means. Do you know what it means, Jimmy?

JIMMY: Sure you know I have only Irish like yourself.

MAIRE: And Latin. And Greek.

JIMMY: I'm telling you a lie: I know one English word.

MAIRE: What?

JIMMY: Bo-som.

MAIRE: What's a bo-som?

JIMMY: You know—(*He illustrates with his hands.*)—bo-

TIMI: Kāore he tangata pai ake i a au i Tonekara nei.

(*Ka noho a* MOERA *i tētahi tūru i te taha o* TIMI.)

MOERA: Aaaaaa. Ko te hauhake tino pai katoa tēnei o ngā hauhake e maharatia nei, e kī nei rātou; engari kāore au e pīrangi kite anō i tētahi. (*E whakaatu ana i ōna ringaringa ki a* TIMI.) Tirohia ngā kōputa.

TIMI: *Esne fatigata?*

MOERA: *Sum fatigatissima.*

TIMI: *Bene! Optime!*

MOERA: Koinā te otinga atu o tōku mōhio ki te reo Rātini. Ka pai ake mehemea i rite noa iho ki tērā tōku mōhio ki te reo Ingarihi.

TIMI: Ingarihi? Pēnei au he āhua mōhio koe ki te reo Ingarihi?

MOERA: E toru kupu kei a au. Taihoa—tērā tētahi kōrero i mōhio rā ahau. He aha rā anō?

(*Kua rerekē te tangi o tōna reo he kōrero nāna i tētahi reo kē, ā, kāore hoki e aro ana i a ia tāna e kī nei.*)

'In Norfolk we besport ourselves around the maypoll.'

Anana!

MĀNU: Maypole.

(*Ka piki anō a* MOERA *i tā* MĀNU.)

MOERA: Ka aroha rā hoki tōku whaea kēkē, a Mere—nāna ahau i ako ki te kōrero rā e whā nei pea ōku tau, tē aro i a au te tikanga. E Timi, e mōhio ana koe?

TIMI: Mōhio koe he mōhio noa iho ahau ki te reo Airihi, pēnā i a koe nā.

MOERA: Me te reo Rātini. Me te reo Kariki.

TIMI: Kua hē au: Kotahi te kupu Ingarihi e mōhio ana au.

MOERA: He aha?

TIMI: Bo-som.

MOERA: He aha te bo-som?

TIMI: Mōhio koe—(*ka whakaahuahia ki ōna ringaringa.*)—

31

som—bo-som —you know—Diana, the huntress, she has two powerful bosom.

MAIRE: You may be sure that's the one English word you would know.

(*Rises.*) Is there a drop of water about?

(MANUS *gives* MAIRE *his bowl of milk.*)

MANUS: I'm sorry I couldn't get up last night.

MAIRE: Doesn't matter.

MANUS: Biddy Hanna sent for me to write a letter to her sister in Nova Scotia. All the gossip of the parish. 'I brought the cow to the bull three times last week but no good. There's nothing for it now but Big Ned Frank.'

MAIRE: (*Drinking.*) That's better.

MANUS: And she got so engrossed in it that she forgot who she was dictating to: 'The aul drunken schoolmaster and that lame son of his are still footering about in the hedge-school, wasting people's good time and money.'

(MAIRE has to laugh at this.)

MAIRE: She did not!

MANUS: And me taking it all down. 'Thank God one of them new national schools is being built above at Poll na gCaorach.' It was after midnight by the time I got back.

MAIRE: Great to be a busy man.

(MAIRE *moves away*, MANUS *follows.*)

MANUS: I could hear music on my way past but I thought it was too late to call.

MAIRE: (*To* SARAH.) Wasn't your father in great voice last night?

(SARAH *nods and smiles.*)

MAIRE: It must have been near three o'clock by the time you

bo-som—bo-som—mōhio koe—ko Taiana, te
kaiwhakangau wahine, e rua ōna ū kaha.

MOERA: Ehara, koinā te kupu Ingarihi kotahi e mōhio ana
koe.

(*Ka ara ake.*) He wai kei konei?

(*Ka hoatu e* MĀNU *tana oko miraka ki a* MOERA.)

MĀNU: Kia aroha mai, kāore au i tae inapō.

MOERA: E pai ana.

MĀNU: I tonoa mai au e Kui Hana kia tuhia he reta ki
tōna teina i Nowa Kōtia. Ko ngā kōhumuhumu katoa
a te pāriha. 'E toru aku tōanga i te kau ki te pūru i tērā
wiki, engari he aha te aha. Mā Pīki Neti Paraki anahe e
whakatikatika ināianei.'

MOERA: (*E inu ana.*) Aiā.

MĀNU: I pērā rawa te kaha o te warea ōna ki tāna ka
wareware e kōrero ana ia ki a wai: 'E tīhoihoi tonu ana te
porohaurangi māhita rā, rāua ko tana tamaiti hauā i te
wharekura, moumou ana ngā pūtea me te wā o te tangata.'

(*Kāore e taea e* MOERA *tana kata te kuku.*)

MOERA: Tōna hia pai hoki!

MĀNU: Nā, ko au tonu kei te tuhituhi i ana kōrero. 'Kaitoa
e hangaia ana tētahi o ngā kura ā-motu hou i runga ake rā
i Poll na gCaorach.' Nō muri kē mai i te weheruatanga i
hoki mai ai au.

MOERA: Āu mahi, e te ringa raupā.

(*Ka neke atu a* MOERA. *Ka whai atu a* MĀNU.)

MĀNU: I rongo au i te puoro i taku hipatanga atu, engari i
mahara au kua tōmuri rawa ki te peka.

MOERA: (*Ki a* HERA.) Ka kino te haere a te waiata a tō
pāpā i te pō rā, nē?

(*Ka tungou, ka mene hoki a* HERA.)

MOERA: Kua tata tonu pea ki te toru karaka i tō hokinga
mai ki te kāinga?

got home?

(SARAH *holds up four fingers.*)

MAIRE: Was it four? No wonder we're in pieces.

MANUS: I can give you a hand at the hay tomorrow.

MAIRE: That's the name of a hornpipe, isn't it?—'The Scholar In The Hayfield'— or is it a reel?

MANUS: If the day's good.

MAIRE: Suit yourself. The English soldiers below in the tents, them sapper fellas, they're coming up to give us a hand. I don't know a word they're saying, nor they me; but sure that doesn't matter, does it?

MANUS: What the hell are you so crabbed about?!

(DOALTY *and* BRIDGET *enter noisily. Both are in their twenties.*

DOALTY *is brandishing a surveyor's pole. He is an open-minded, open-hearted, generous and slightly thick young man.*

BRIDGET *is a plump, fresh young girl, ready to laugh, vain, and with a countrywoman's instinctive cunning.*

DOALTY *enters doing his imitation of the master.*)

DOALTY: Vesperal salutations to you all.

BRIDGET: He's coming down past Carraig na Ri and he's as full as a pig!

DOALTY: *Ignari, stulti, rustici*—pot-boys and peasant whelps—semiliterates and illegitimates.

BRIDGET: He's been on the batter since this morning; he sent the wee ones home at eleven o'clock.

DOALTY: Three questions. Question A—Am I drunk? Question B—Am I sober? (*Into* MAIRE's *face.*) *Responde—responde!*

(*Ka tū ngā matimati e whā o* HERA.)

MOERA: Kua whā kē? Nā whai anō tātou e pōrewarewa nei.

MĀNU: Māku koe e āwhina āpōpō ki te mahi i ngā hei.

MOERA: Koirā te ingoa o te hari, nē?—ko 'Te Māhita i te Whīra Hei'—he kanikani kē rānei?

MĀNU: Mehemea e paki ana te rā.

MOERA. Kei a koe te tikanga. E haere mai ana ngā hōia Ingarihi, ngā autaia kei ngā tēneti i raro rā, ki te āwhina mai i a mātou. Tē aro i a au ā rātou kōrero, i a rātou rānei āku, engari kei te pai tonu, nē?

MĀNU: He aha oti tāu e pukukino mai nā?!

(*Ka kuhu hoihoi mai a* TOATI *rāua ko* PIRITA. *Kei ngā rua tekau tō rāua kaumātua.*

E pupuri ana a TOATI *ki tētahi rākau rūri whenua. He taitama, e tuwhera ana te hinengaro me te ngākau, he tangata ohaoha, he āhua pakaua hoki te tinana.*

He taitamāhine pūhou a PIRITA, *he māretireti, he kakama ki te kata, he whakatāupe, ā, nōna hoki te ngākau mūrere o te wahine tuawhenua.*

Kuhu mai ana a TOATI *e whakatau haere ana i te māhita.*)

TOATI: Tēnā rā koutou katoa.

PIRITA: E haere mai ana ia i Carraig na Rí, ā, kua kī hoki te korokoro i ngā wai whakahaurangi!

TOATI: *Ignari, stulti, rustici*—e ngā hāwini me ngā tautauhea—e te hunga āhua mōhio ki te pānui me te tuhituhi, tae atu rā ki ngā pekanga nā mimi.

PIRITA: Nō te ata rā anō i tīmata ai tana kai pia; i tonoa e ia ngā nohinohi kia hoki ki te kāinga i te tekau mā tahi karaka.

TOATI: E toru ngā pātai. Ko te pātai tuatahi—Kei te haurangi rānei ahau? Ko te pātai tuarua—Kei te tūtika rānei ahau? (*Ki te mata tonu o* MOERA.)

Responde—responde!

35

BRIDGET: Question C, Master—When were you last sober?

MAIRE: What's the weapon, Doalty?

BRIDGET: I warned him. He'll be arrested one of these days.

DOALTY: Up in the bog with BRIDGET and her aul fella, and the Red Coats were just across at the foot of Cnoc na Mona, dragging them aul chains and peeping through that big machine they lug about everywhere with them—you know the name of it, Manus?

MAIRE: Theodolite.

BRIDGET: How do you know?

MAIRE: They leave it in our byre at night sometimes if it's raining.

JIMMY: Theodolite—what's the etymology of that word, Manus?

MANUS: No idea.

BRIDGET: Get on with the story.

JIMMY: *Theo—theos*—something to do with a god. Maybe *thea*—a goddess! What shape's the yoke?

DOALTY: 'Shape!' Will you shut up, you aul eejit you! Anyway, every time they'd stick one of these poles into the ground and move across the bog, I'd creep up and shift it twenty or thirty paces to the side.

BRIDGET: God!

DOALTY: Then they'd come back and stare at it and look at their calculations and stare at it again and scratch their heads. And Cripes,d'you know what they ended up doing?

BRIDGET: Wait till you hear!

DOALTY: They took the bloody machine apart! (*And immediately he speaks in gibberish—an imitation of two very agitated and confused sappers in rapid conversation.*)

PIRITA: Ko te pātai tuatoru, e te Māhita—Nōnahea oti rā i
tūtika ai koe?

MOERA: He aha te rākau nā, Toati?

PIRITA: Nāku ia i whakatūpato. He wā ka taka e mauherehia
ai ia.

TOATI: I te repo mātou ko Pirita, ko tōna pāpā, i kō atu i te
pūtake o Cnoc na Mona ngā Koti Whero e tō haere ana i
ngā mekameka, e tirotiro ana i te mihīni nunui rā ka tōia
haeretia e rātou ki hea, ki hea—mōhio koe ki te ingoa o te
mea rā, Mānu?

MOERA: He theodolite.

PIRITA: He pēhea tō mōhio?

MOERA: Ka waiho e rātou i tō mātou whare kau i ngā pō me
e ua ana.

TIMI: Theodolite—he aha te pūtake o taua kupu, Mānu?

MĀNU: E aua hoki.

PIRITA: He aha te roanga atu o te kōrero?

TIMI: *Theo*—*theos*—he pānga ki tētahi atua. Ki a *thea* pea—
he atua wahine! He aha te āhua o te mea rā?

TOATI: 'Te āhua!' Tō waha kia kopi, e koro! Heoi anō, kia
titia e rātou tētahi o ēnei rākau ki te papa, ka haere ai ki
wāhi kē i te repo, kua konihi atu au, ka neke atu ai i te mea
rā e rua tekau, e toru tekau tāwhai rānei ki te taha.

PIRITA: Kātahi rā hoki!

TOATI: Ka hoki mai rātou, ka titiro māhoi i te mea rā, ā, ka
tirohia ā rātou tātaitanga, ka tirotiro anō i te mea rā me te
rakuraku i ō rātou māhunga. E hika, e mōhio ana koe he
aha tā rātou i mahi ai?

PIRITA: Kia rongo mai koutou!

TOATI: I wāwāhia e rātou te weriweri mihīni rā! (*Kōrero tonu
atu ia i tētahi reo kihi—e whakatau ana i tētahi tokorua
hōia kua tino hōhā nei, kua tino rangirua nei e kaihoro ana i
te kupu.*)

BRIDGET: That's the image of them!

MAIRE: You must be proud of yourself, Doalty.

DOALTY: What d'you mean?

MAIRE: That was a very clever piece of work.

MANUS: It was a gesture.

MAIRE: What sort of a gesture?

MANUS: Just to indicate . . . a presence.

MAIRE: Hah!

BRIDGET: I'm telling you—you'll be arrested.

> (*When* DOALTY *is embarrassed—or pleased—he reacts physically. He now grabs* BRIDGET *around the waist.*)

DOALTY: What d'you make of that for an implement, Bridget? Wouldn't that make a great aul shaft for your churn?

BRIDGET: Let go of me, you dirty brute! I've a headline to do before Big Hughie comes.

MANUS: I don't think we'll wait for him. Let's get started.

> (*Slowly, reluctantly they begin to move to their seats and specific tasks.*
>
> DOALTY *goes to the bucket of water at the door and washes his hands.*
>
> BRIDGET *sets up a hand-mirror and combs her hair.*)

BRIDGET: Nellie Ruadh's baby was to be christened this morning. Did any of yous hear what she called it? Did you, Sarah?

> (SARAH *grunts: No.*)

BRIDGET: Did you, Maire?

MAIRE: No.

BRIDGET: Our Seamus says she was threatening she was going to call it after its father.

DOALTY: Who's the father?

PIRITA: He pērā tonu tō rāua āhua!

MOERA: Me whakahīhī koe i a koe anō, Toati.

TOATI: He aha te tikanga o tēnā?

MOERA: He tino koi tāu nā mahi.

MĀNU: He tohu hoki.

MOERA: He tohu pēwhea nei?

MĀNU: He whakaatu atu . . . kei konei ētahi.

MOERA: Ha!

PIRITA: Māku e kī atu—ka mauherehia koe.

(*Ka whakamā ana a* TOATI—*ka koa ana rānei ia—ka kōrero kē ko te tinana. Ka mau ōna ringa ki te hope o* PIRITA.)

TOATI: He pēhea ō whakaaro ki tēnei hei rākau, Pirita? Kāore rānei e tika hei rākau pai mō tō kōrori pata?

PIRITA: Kāti, tukua ahau, peropero koe! Me oti i a au te rārangi upoko i mua i te taenga mai o Pīki Hūihi.

MĀNU: Hei aha noa iho te tatari ki a ia. Kia tīmata tātou.

(*Ka āta neke atu rātou i runga i te horokukū ki ō rātou tūru me ā rātou mahi.*

Ka haere a TOATI *ki te pākete wai kei te kūaha, horoi ai i ōna ringaringa.*

Ka whakatika a PIRITA *i tētahi whakaata iti, ka heru ai i ōna makawe.*)

PIRITA: I iriirihia te pēpi a Neri Rauwhero i te ata nei. Kua rongo rānei koutou i tapaina e ia ki a wai? E Hera, kua rongo koe?

(*Ka nguru a* HERA: *Kāo.*)

PIRITA: I rongo koe, Moera?

MOERA: Kāo.

PIRITA: I te kī mai a Haimi, i te mea ia kia tapaina ki te ingoa o te pāpā.

TOATI: Ko wai te pāpā?

BRIDGET: That's the point, you donkey you!

DOALTY: Ah.

BRIDGET: So there's a lot of uneasy bucks about Baile Beag this day.

DOALTY: She told me last Sunday she was going to call it Jimmy.

BRIDGET: You're a liar, Doalty.

DOALTY: Would I tell you a lie? Hi, Jimmy, Nellie Ruadh's aul fella's looking for you.

JIMMY: For me?

MAIRE: Come on, Doalty.

DOALTY: Someone told him . . .

MAIRE: Doalty!

DOALTY: He heard you know the first book of the Satires of Horace off by heart . . .

JIMMY: That's true.

DOALTY: . . . and he wants you to recite it for him.

JIMMY: I'll do that for him certainly, certainly.

DOALTY: He's busting to hear it.

(JIMMY *fumbles in his pockets*.)

JIMMY: I came across this last night—this'll interest you—in Book Two of Virgil's *Georgies*.

DOALTY: Be God, that's my territory alright.

BRIDGET: You clown you! (*To* SARAH.) Hold this for me, would you? (*Her mirror*.)

JIMMY: Listen to this, Manus. '*Nigra fere et presso pinguis sub vomere terra . . .*'

DOALTY: Steady on now—easy, boys, easy—don't rush me, boys— (*He mimes great concentration*.)

JIMMY: Manus?

MANUS: 'Land that is black and rich beneath the pressure of the plough . . .'

DOALTY: Give *me* a chance!

PIRITA: E tama, koinā tāku e kimi nei!

TOATI: Aaa.

PIRITA: Nō reira, he nui ngā tāriana e anipā ana i Baile Beg i te rā nei.

TOATI: I mea mai ia i tērā Rātapu ka tapaina e ia ki te ingoa o Timi.

PIRITA: Tēnā rūkahu hoki, Toati.

TOATI: E kī, ka rūkahu rānei au ki a koe? Tēnā, e Timi, e rapu ana te matua o Neri Rauwhero i a koe.

TIMI: I a au?

MOERA: Ka nui, Toati.

TOATI: I mea tētahi ki a ia . . .

MOERA: Toati!

TOATI: Kua rongo ia e tino mōhio ana koe ki te pukapuka tuatahi o Ngā Ruri a Harehi . . .

TIMI: He tika tēnā.

TOATI: . . . ā, kua hiahia ia māu e kauhau atu ki a ia.

TIMI: E pai ana, māku e kōrero atu ki a ia.

TOATI: E hiamo ana ia ki te whakarongo atu.

(*Ka whāwhā ngā ringa o* TIMI *i ngā pūkoro o tana tarau.*)

TIMI: I tūpono ahau ki tēnei inapō—ka pai ki a koe—i kitea i te Pukapuka Tuarua o Te Ruri a Whēkoro.

TOATI: E tama, koinā taku kai.

PIRITA: Mō te whakatoi! (*Ki a* HERA.) Tēnā, puritia tēnei. (*Ko tāna whakaata.*)

TIMI: Whakarongo mai, Mānu. '*Nigra fere et presso pinguis sub vomere terra . . .*'

TOATI: Taihoa—e hoa mā—taihoa—kaua e whakateretere i a au, e hoa mā—(*Ka whakataruna ia, e kaha aro ana ia.*)

TIMI: Mānu?

MĀNU: 'He one paraumu, he one haumako e takoto ana i raro iho i te pēhi a te parau . . . '

TOATI: Tukua au kia kōrero!

41

JIMMY: 'And with *cui putre*—with crumbly soil—is in the main best for corn.' There you are!

DOALTY: There you are.

JIMMY: 'From no other land will you see more wagons wending homeward behind slow bullocks.' Virgil! There!

DOALTY : 'Slow bullocks'!

JIMMY: Isn't that what I'm always telling you? Black soil for corn. *That's* what you should have in that upper field of yours—corn, not spuds.

DOALTY: Would you listen to that fella! Too lazy be Jasus to wash himself and he's lecturing me on agriculture! Would you go and take a running race at yourself, Jimmy Jack Cassie! (*Grabs* SARAH.) Come away out of this with me, Sarah, and we'll plant some corn together.

MANUS: Alright—alright. Let's settle down and get some work done. I know Sean Beag isn't coming—he's at the salmon. What about the Donnelly twins? (*To* DOALTY.) Are the Donnelly twins not coming any more?

(DOALTY *shrugs and turns away.*)

Did you ask them?

DOALTY: Haven't seen them. Not about these days.

(DOALTY *begins whistling through his teeth.*
Suddenly the atmosphere is silent and alert.)

MANUS: Aren't they at home?

DOALTY: No.

MANUS: Where are they then?

DOALTY: How would I know?

BRIDGET: Our Seamus says two of the soldiers' horses were found last night at the foot of the cliffs at Machaire Buide and . . .

(*She stops suddenly and begins writing with chalk on her slate.*)

TIMI: 'Ā, me te *cui putre*—arā, me te one ngahoro—te tino kāinga mō te kānga.' Anana!

TOATI: Anana.

TIMI: 'E kore e kitea i whenua kē tēnei nui o te wākena e kōpikopiko whakatekāinga ana i muri i ngā puruki pōrori.' Nā Whēkoro! Ana!

TOATI: 'Puruki Pōrori!'

TIMI: Ehara rānei tērā i tāku e kī auau atu nei ki a koe? Me one paraumu mō te kānga. Me whai koe i tērā i te pārae kei runga ake rā—me kānga kē, kaua ko te rīwai.

TOATI: E kī, mā te tāhae nei te kōrero! Kore rawa nei e horoi, he māngere rawa nōna, engari kua kauhau mai ki a au mō te ahuwhenua! Whakangaro atu i a koe, Tiemi Tiaki Kahi! (*Ka mau ia ki a* HERA.) Haere mai ka oma tāua i konei, e Hera, ā, ka whakatō tahi tāua i te kānga.

MĀNU: Ka nui—ka nui. Kia tau, he mahi tā tātou. Mōhio ana ahau kāore a Hone Iti e haere mai—kei te hī hāmana ia. Pēhea ngā māhanga Tōnore? (*Ki a* TOATI.) Kua kore ngā māhanga Tōnore e haere mai? (*Ka hiki ngā pokohiwi o* TOATI, *ka huri kē.*) I pātai koe ki a rāua?

TOATI: Kāore au i kite i a rāua. Kāore anō rāua kia kitea i ngā rangi tata nei. (*Ka tīmata a* TOATI *ki te kōwhiowhio ki ōna niho. Kātahi ka ngū, ka mataara hoki te hunga i te rūma.*)

MĀNU: Kāore rāua i te kāinga?

TOATI: Āe.

MĀNU: Kei hea kē rāua e ngaro ana?

TOATI: Me pēhea au e mōhio ai?

PIRITA: E ai ki a Haimi, e rua ngā hōiho nō ngā hōia i kitea inapō i te pūtake o ngā pari i Machaire Buíde, ā . . . (*Mutu tonu atu tana kōrero, ā, ka tīmata ia ki te tuhi ki te tioka i tana papatuhi.*)

D'you hear the whistles of this aul slate? Sure nobody could write on an aul slippery thing like that.

MANUS: What headline did my father set you?

BRIDGET: 'It's easier to stamp out learning than to recall it.'

JIMMY: Book Three, the *Agricola* of Tacitus.

BRIDGET: God but you're a dose.

MANUS: Can you do it?

BRIDGET: There. Is it bad? Will he ate me?

MANUS: It's very good. Keep your elbow in closer to your side. Doalty?

DOALTY: I'm at the seven-times table. I'm perfect, skipper.

(MANUS *moves to* SARAH.)

MANUS: Do you understand those sums?

(SARAH *nods: Yes.* MANUS *leans down to her ear.*)

MANUS: My name is Sarah.

(MANUS *goes to* MAIRE. *While he is talking to her the others swop books, talk quietly, etc.*)

MANUS: Can I help you? What are you at?

MAIRE: Map of America. (*Pause.*) The passage money came last Friday.

MANUS: You never told me that.

MAIRE: Because I haven't seen you since, have I?

MANUS: You don't want to go. You said that yourself.

MAIRE: There's ten below me to be raised and no man in the house. What do you suggest?

MANUS: Do you want to go?

MAIRE: Did you apply for that job in the new national school?

MANUS: No.

MAIRE: You said you would.

Kei te rongo rānei koutou i te whiowhio a te koroua papatuhi nei? Me pēhea hoki tētahi e tuhituhi ai i tētahi papatuhi pēnei nā te māniania?

MĀNU: He aha te rārangi upoko i whakaritea mai ai e taku pāpā māu?

PIRITA: 'He māmā ake te whakakore atu i ngā akoranga, tēnā i te whakamahara atu.'

TIMI: Nō te Pukapuka Tuatoru, ko Te Ruri a Takaiti.

PIRITA: Kātahi te whakapōrearea ko koe.

MĀNU: Ka oti i a koe?

PIRITA: Arā. Kei te hē rānei? Ka rīria mai au e ia?

MĀNU: Kei te tino pai. Kia piri tō tuke ki tō taha. Toati?

TOATI: Kei te aro au ki te tūtohi whakarea i ngā whitu.
Kāore he painga i a au, e tai.
(*Ka neke a* MĀNU *ki a* HERA.)

MĀNU: Kei te mārama koe ki ēnā tapeke?
(*Ka tungou te māhunga o* HERA: Āe. *Ka tūpou atu a* MĀNU *ki tōna taringa.*)

MĀNU: Ko Hera tōku ingoa.
(*Ka haere a* MĀNU *ki a* MOERA. *Nōna e kōrero ana ki a ia ka whakawhiti pukapuka, ka kōrero mōhū hoki ērā atu.*)

MĀNU: Māku koe e āwhina? He aha tēnā?

MOERA: Ko te mahere o Amerika. (*Ka ngū ia.*) I tae mai te moni mō te heke i tērā Paraire.

MĀNU: Kāore koe i whāki mai.

MOERA: He kore nōku i kite i a koe, nē hā?

MĀNU: Kāore koe e hiahia haere. Nāu anō i kī mai.

MOERA: Tekau ngā mea tamariki ake i a au me whāngai tonu, ā, karekau he tāne i te kāinga. Me aha kē hoki ahau?

MĀNU: Kei te hiahia haere koe?

MOERA: I tono koe i te tūranga rā i te kura ā-motu hou?

MĀNU: Kāore.

MOERA: I kī mai koe ka pērā koe.

MANUS: I said I might.

MAIRE: When it opens, this is finished: nobody's going to pay to go to a hedge-school.

MANUS: I know that and I . . . (*He breaks off because he sees* SARAH, *obviously listening, at his shoulder. She moves away again.*)

I was thinking that maybe I could . . .

MAIRE: It's £56 a year you're throwing away.

MANUS: I can't apply for it.

MAIRE: You *promised* me you would.

MANUS: My father has applied for it.

MAIRE: He has not!

MANUS: Day before yesterday.

MAIRE: For God's sake, sure you know he'd never—

MANUS: I couldn't—I can't go in against him.

(MAIRE *looks at him for a second. Then.*)

MAIRE: Suit yourself. (*To* BRIDGET.) I saw your Seamus heading off to the Port fair early this morning.

BRIDGET: And wait till you hear this—I forgot to tell you this. He said that as soon as he crossed over the gap at Cnoc na Mona—just beyond where the soldiers are making the maps—the sweet smell was everywhere.

DOALTY: You never told me that.

BRIDGET: It went out of my head.

DOALTY: He saw the crops in Port?

BRIDGET: Some.

MANUS: How did the tops look?

BRIDGET: Fine—I think.

DOALTY: In flower?

BRIDGET: I don't know. I think so. He didn't say.

MANUS: Just the sweet smell—that's all?

BRIDGET: They say that's the way it snakes in, don't they?

46

MĀNU: I kī atu au ka pērā pea ahau.

MOERA: Kia tuwhera mai, ka raruraru a konei. Ko wai hoki ka utu i te haere ki tētahi wharekura?

MĀNU: E mōhio ana ahau, ā, i te . . . (*Ka mutu tana kōrero, he kite atu nāna i a* HERA *i tōna pokohiwi e whakarongo ana. Ka neke atu a* HERA.) I te whakaaro ahau, tērā pea ka taea e au te . . .

MOERA: E rima tekau mā ono pāuna i te tau tāu e whakarere nei . . .

MĀNU: E kore au e tono i te tūranga.

MOERA: I kī taurangi mai koe ka pērā koe.

MĀNU: Kua tonoa e tōku pāpā.

MOERA: I nei!

MĀNU: Inatahirā.

MOERA: Kātahi rā hoki, mōhio tonu koe e kore ia e—

MĀNU: E kore—e kore rawa au e tohe ki a ia.

(*Ka titiro a* MOERA *ki a ia mō te wā poto.*)

MOERA: Kāti, mahia tāu e pai ai. (*Ki a* PIRITA.) I kite au i a Haimi e ahu atu ana ki te mākete i Te Pōta i te ata nei.

PIRITA: Kia rongo mai koe i tēnei—i mahue i a au te kī atu. I kī mai ia, whakawhiti tonu atu ia i te āpiti i Croc na Mona—kei kō iti atu i te wāhi e mahi mai ana ngā hōia i ngā mahere—kōrewarewa ana te kakara i te takiwā.

TOATI: Kāore koe i kī mai.

PIRITA: I makere noa i taku hinengaro.

TOATI: I kite ia i ngā ngakinga i Te Pōta?

PIRITA: I ētahi, āe.

MĀNU: I pēhea a runga o ngā tupu?

PIRITA: I pai—ki tōku mōhio.

TOATI: Kua pua?

PIRITA: E aua. Ki tōku mōhio, āe. Kāore ia i kī mai.

MĀNU: Ko te kakara noa iho—koirā noa iho?

PIRITA: E ai te kōrero, ka pērā i te tīmatanga, nē? Tuatahi,

First the smell; and then one morning the stalks are all black and limp.

DOALTY: Are you stupid? It's the rotting stalks makes the sweet smell for God's sake. That's what the smell is—rotting stalks.

MAIRE: Sweet smell! Sweet smell! Every year at this time somebody comes back with stories of the sweet smell. Sweet God, did the potatoes ever fail in Baile Beag? Well, did they ever—ever? Never! There was never blight here. Never. Never. But we're always sniffing about for it, aren't we?—looking for disaster. The rents are going to go up again—the harvest's going to be lost—the herring have gone away for ever—there's going to be evictions. Honest to God, some of you people aren't happy unless you're miserable and you'll not be right content until you're dead!

DOALTY: Bloody right, Maire. And sure St. Colmcille prophesied there'd never be blight here. He said:

The spuds will bloom in Baile Beag
Till rabbits grow an extra lug.

And sure that'll never be. So we're alright.

Seven threes are twenty-one; seven fours are twenty-eight; seven fives are forty-nine—Hi, Jimmy, do you fancy my chances as boss of the new national school?

JIMMY: What's that?—what's that?

DOALTY: Agh, g'way back home to Greece, son.

MAIRE: You ought to apply, Doalty.

DOALTY: D'you think so? Cripes, maybe I will. Hah!

BRIDGET: Did you know that you start at the age of six and you have to stick at it until you're twelve at least—no matter how smart you are or how much you know.

ka pā mai te kakara; ā, taka rawa i tētahi ata kua pango, kua ngohengohe ngā kakau.

TOATI: Tō kūare hoki! Nā ngā kakau pirau e puta mai ai te kakara, e hika e. Koinā te ahunga mai o te kakara—ko ngā kakau pirau.

MOERA: Ko te kakara, e! Ko te kakara, e! I tēnei wā i ia tau, i ia tau, hoki mai ai tētahi me ngā kōrero mō te kakara. E tama, kua kino rānei ngā rīwai i Baile Beg? Kua kino rānei i mua? Kore rawa atu nei! Karekau te kōmae i tae mai ki konei. Kore—kore rawa. Engari he rite tonu tā tātou hongihongi haere i te takiwā, nē hā?—e kimi haere ana i te mate. Ka piki anō ngā rēti—ka riro anō te hauhake— kua ngaro atu te ika nei, te kātaha, e kore e hoki mai anō—ka panaia anō he tāngata i te whenua. Kia kī ake rā ahau, e koa ai ētahi o koutou, me tūreikura rawa, ā, e tino māoriori ai te ngākau, me mate rawa!

TOATI: Ka tika hoki, Moera. He tika, i puta te kupu whakaari i a Hato Koromokiri, e kore te kōmae e tae mai ki konei. Hei tāna:

Ka matomato te tupu o te rīwai i Baile Beg.
Kia pihi rawa ake tētahi taringa anō i te rāpeti.

Ā, e kore hoki tērā e kitea. Nō reira, e pai ana tātou. E whitu ngā toru ka rua tekau mā tahi; e whitu ngā whā ka rua tekau mā waru; e whitu ngā rima ka whā tekau mā iwa—E, Timi, ko koe pea hei rangatira ki te kura ā-motu hou?

TIMI: He aha?—he aha tēnā?

TOATI: Ha, e hoki ki tō kāinga i Kirihi, e tama.

MOERA: Me tono koe, Toati.

TOATI: Nē? Tērā pea. Ha!

PIRITA: Mōhio koe, e ono ō tau ka tīmata i te kura, ā, me ū tonu kia eke rā anō ki te tekau mā rua tau—ahakoa pēhea nei te kaha o tō koi, te nui rānei o tō mōhio.

DOALTY: Who told you that yarn?

BRIDGET: And every child from every house has to go all day, every day, summer or winter. That's the law.

DOALTY: I'll tell you something—nobody's going to go near them—they're not going to take on—law or no law.

BRIDGET: And everything's free in them. You pay for nothing except the books you use; that's what our Seamus says.

DOALTY: 'Our Seamus'. Sure your Seamus wouldn't pay anyway. She's making this all up.

BRIDGET: Isn't that right, Manus?

MANUS: I think so.

BRIDGET: And from the very first day you go, you'll not hear one word of Irish spoken. You'll be taught to speak English and every subject will be taught through English and everyone'll end up as cute as the Buncrana people.
(SARAH *suddenly grunts and mimes a warning that the master is coming.*
The atmosphere changes. Sudden business. Heads down.)

DOALTY: He's here, boys. Cripes, he'll make yella meal out of me for those bloody tables.

BRIDGET: Have you any extra chalk, Manus?

MAIRE: And the atlas for me.
(DOALTY *goes to* MAIRE *who is sitting on a stool at the back.*)

DOALTY: Swop you seats.

MAIRE: Why?

DOALTY: There's an empty one beside the Infant Prodigy.

MAIRE: I'm fine here.

DOALTY: Please, Maire. I want to jouk in the back here.
(MAIRE *rises.*)

TOATI: Nā wai hoki tāu?

PIRITA: Waihoki, me haere ia tamaiti i ia kāinga mō te roanga o te rā, i ia rā, raumati mai, hōtoke mai. Koinā te ture.

TOATI: Māku e kī atu—e kore tētahi e tata atu ki aua kura rā—e kore hoki e paingia—ahakoa te ture.

PIRITA: Waihoki, katoa ngā mea kei roto he utukore. Utu noa iho ai koe i ngā pukapuka ka whakamahia e koe; koinā te kōrero a Haimi.

TOATI: 'A Haimi'. He tika, e kore a Haimi e utu i tētahi paku aha. He horihori katoa tā Pirita.

PIRITA: He tika, nē Mānu?

MĀNU: Ki tōku mōhio, āe.

PIRITA: Ā, atu i te rā tuatahi, e kore koe e rongo i tētahi kupu Airihi kotahi e kōrerotia ana. Ka whakaakona koe ki te kōrero Ingarihi, ā, ka whakaakona hoki ia kaupapa ki te reo Ingarihi, me te aha, ka rite tō tātou pai ki tō ngā mea o Punekarana.

(*Ka nguru a* HERA, *kātahi ka tohu ōna ringa, he whakatūpato e haere mai ana te māhita. Ka rerekē te wairua o te rūma. Kua aro ki te mahi. Kua tungou ngā māhunga.*)

TOATI: Kua tae mai ia, e hoa mā. E hika, ka rīria mai ahau mō te āhua o ngā pūrari tēpu rā.

PIRITA: He tioka anō kei a koe, Mānu?

MOERA: Ki a au hoki te mahere whenua.

(*Ka haere a* TOATI *ki a* MOERA *e noho mai ana i tētahi tūru kei muri.*)

TOATI: Me whakawhiti tūru tāua.

MOERA: He aha ai?

TOATI: He tūru wātea kei te taha o te Punua Ihumanea.

MOERA: E pai ana ahau i konei.

TOATI: Tēnā, Moera. Kei te pīrangi karo au i muri nei.

(*Ka tū a* MOERA.)

God love you. (*Aloud.*) Anyone got a bloody table-book?
Cripes, I'm wrecked.

(SARAH *gives him one.*)

God, I'm dying about you.

(*In his haste to get to the back seat* DOALTY *bumps into* BRIDGET *who is kneeling on the floor and writing laboriously on a slate resting on top of a bench-seat.*)

BRIDGET: Watch where you're going, Doalty!

(DOALTY *gooses* BRIDGET. *She squeals.*

Now the quiet hum of work: JIMMY *reading Homer in a low voice;*

BRIDGET *copying her headline;* MAIRE *studying the atlas;* DOALTY, *his eyes shut tight, mouthing his tables;* SARAH *doing sums.*

After a few seconds.)—

BRIDGET: Is this 'g' right, Manus? How do you put a tail on it?

DOALTY: Will you shut up! I can't concentrate!

(*A few more seconds of work. Then* DOALTY *opens his eyes and looks around.*)

False alarm, boys. The bugger's not coming at all. Sure the bugger's hardly fit to walk.

(*And immediately* HUGH *enters. A large man, with residual dignity, shabbily dressed, carrying a stick. He has, as always, a large quantity of drink taken, but he is by no means drunk. He is in his early sixties.*)

HUGH: *Adsum*, Doalty, *adsum*. Perhaps not in *sobrietate perfecta* but adequately *sobrius* to overhear your quip.
Vesperal salutations to you all.

(*Various responses.*)

Mei kore ake koe. (*E hoihoi ana.*) Kei a wai rānei tētahi pūrari pukapuka tūtohi whakarea? E hika, kua raruraru au.

(*Ka hoatu e* HERA *i tētahi ki a ia.*)

Kua ora katoa ahau i a koe.

(*I te kaikā ōna kia tae atu ki te tūru kei muri ka tūtuki a* TOATI *ki a* PIRITA *e tūturi ana i te papa, e kaha tuhituhi ana i tētahi papatuhi kei runga i tētahi paepae.*)

PIRITA: Kia tūpato, Toati!

(*Ka wero a* TOATI *i a* PIRITA. *Ka ngawī tōna waha.*
Nā, ka kino te haere a te mahi a te katoa: e pānui mōhū ana a TIMI *i a Hauma;*
e tārua ana a PIRITA *i tana rārangi upoko; e ako ana a* MOERA *i te mahere whenua; e moe ana ngā karu o* TOATI, *e kōrero mōhū ana ia i ngā tūtohi whakarea; ā, e mahi tapeke ana a* HERA.
Kāore e roa i muri mai.)—

PIRITA: Kei te tika rānei tēnei 'g', Mānu? Me pēhea taku tāpiri i te whiore?

TOATI: Hoihoi! Kei te whakararu koe i ōku whakaaro!

(*Ka mahi anō ia mō te wā poto nei. Kātahi ka oho ngā karu o* TOATI, *ka tirotiro haere ia i te rūma.*)

I hē tāku, e hoa mā. Kāore te paka rā i te haere mai. Kua kore pea e taea e te paka rā te hīkoi.

(*I taua wā tonu rā ka tomo mai a* HŪ. *He tangata kaitā ia, he tangata whaimana, he karukaru ngā kākahu, e kawe ana i tētahi tiripou. He nui te waipiro kua pau i a ia, he rite tonu tana inu, engari kāore anō i haurangi. Kei ngā tau tōmua o te ono tekau tōna pakeke.*)

HŪ: *Adsum*, Toati, *adsum.* Kāore pea i te *sobietate perfecta* engari kei te *sobrius* tonu, i te mea i rongo au i tō paki.

Tēnā rā koutou katoa.

(*He whakahoki tā tēnā, tā tēnā.*)

JIMMY: *Ave,* Hugh.

HUGH: James.

(*He removes his hat and coat and hands them and his stick to* MANUS, *as if to a footman.*)

Apologies for my late arrival: we were celebrating the baptism of Nellie Ruadh's baby.

BRIDGET: (*Innocently.*) What name did she put on it, Master?

HUGH: Was it Eamon? Yes, it was Eamon.

BRIDGET: Eamon Donal from Tor! Cripes!

HUGH: And after the *caerimonia nominationis*—Maire?

MAIRE: The ritual of naming.

HUGH: Indeed—we then had a few libations to mark the occasion. Altogether very pleasant. The derivation of the word 'baptise'?—where are my Greek scholars? Doalty?

DOALTY: Would it be—ah—ah—

HUGH: Too slow. James?

JIMMY: *'Baptizein'*—to dip or immerse.

HUGH: Indeed—our friend Pliny Minor speaks of the *'baptisterium'*—the cold bath.

DOALTY: Master.

HUGH: Doalty?

DOALTY: I suppose you could talk then about baptising a sheep at sheep-dipping, could you?

(*Laughter. Comments.*)

HUGH: Indeed—the precedent is there—the day you were appropriately named Doalty—seven nines?

DOALTY: What's that, Master?

HUGH: Seven times nine?

DOALTY: Seven nines—seven nines—seven times nine— seven times nine are—Cripes, it's on the tip of my tongue, Master—I knew it for sure this morning—funny that's the only one that foxes me—

TIMI: *Ave*, e Hū.

HŪ: Tiemi.

(*Ka unu ia i tōna pōtae me tōna koti, kātahi ka hoatu e ia ki a* MĀNU, *ānō e hoatu ana ki tētahi hāwini.*)

Mō taku tōmuri: i te whakanui mātou i te iriiringa o te pēpi a Neri Rauwhero.

PIRITA: (*I runga i te wairua kore mōhio nei.*) I tapaina e ia ki a wai, Māhita?

HŪ: Ko Aimana rānei? Ehara, ko Aimana.

PIRITA: Ko Aimana Tona nō Tor! Hika!

HŪ: Ā, ā muri i te *caerimonia nominationis*—Moera?

MOERA: I te ritenga whakaingoa.

HŪ: Koia—kātahi ka rere te wai hei whakanui i te kaupapa. I pārekareka katoa. He aha te ahunga mai o te kupu 'baptise'?—kei hea rā aku mātanga Kariki? Toati?

TOATI: Ko te—aa—aa—

HŪ: Tūreiti. Tiemi?

TIMI: *'Baptizein'*—ko te koutu, ko te rumaki rānei ki te wai.

HŪ: Koia—kōrero ai tō tātou hoa, a Pini Maina mō te *'baptisterium'*—arā, mō te wai mātao.

TOATI: Māhita.

HŪ: Toati?

TOATI: Nō reira, ka hāngai anō pea te kōrero ki te iriiringa o te hipi i te wā e toutoua ai te hipi ki te wai, nē?

(*Ka kata, ka kōrero hoki ētahi.*)

HŪ: Āpāia—anā te tauira—ko te rā i tapaina ai koe ki te ingoa o Toati—e whitu ngā iwa?

TOATI: He aha nā, Māhita?

HŪ: E whitu whakarea iwa?

TOATI: E whitu ngā iwa—e whitu ngā iwa—e whitu whakarea iwa—e whitu whakarea iwa ka—Hika, kei te matamata tonu o taku arero, Māhita—i tino mōhio ahau i te ata nei—koirā anahe te mea e whakararu ana i a au—

55

BRIDGET: (*Prompt.*) Sixty-three.

DOALTY: What's wrong with me: sure seven nines are fifty-three, Master.

HUGH: Sophocles from Colonus would agree with Doalty Dan Doalty from Tulach Alainn: 'To know nothing is the sweetest life.' Where's Sean Beag?

MANUS: He's at the salmon.

HUGH: And Nora Dan?

MAIRE: She says she's not coming back any more.

HUGH: Ah. Nora Dan can now write her name—Nora Dan's education is complete. And the Donnelly twins? (*Brief pause. Then.*)

BRIDGET: They're probably at the turf. (*She goes to* HUGH.) There's the one-and-eight I owe you for last quarter's arithmetic and there's my one-and-six for this quarter's writing.

HUGH: Gratias tibi ago. (*He sits at his table.*) Before we commence our studia I have three items of information to impart to you—(*To* MANUS.) a bowl of tea, strong tea, black—
(MANUS *leaves.*)
Item A: on my perambulations today—Bridget? Too slow. Maire?

MAIRE: *Perambulare*—to walk about.

HUGH: Indeed—I encountered Captain Lancey of the Royal Engineers who is engaged in the ordnance survey of this area. He tells me that in the past few days two of his horses have strayed and some of his equipment seems to be mislaid. I expressed my regret and suggested he address you himself on these matters. He then explained that he does not speak Irish. Latin? I asked. None. Greek? Not a syllable.

PIRITA: (*Ka tere kōrero.*) E ono tekau mā toru.

TOATI: He aha oti taku mate? He tika, e whitu ngā iwa ka rima tekau mā toru, Māhita.

HŪ: Ka tino whakaae a Hōwhekehi nō Koronihi ki a Toati Tāne Toati nō Tulach Alainn: 'Inā te āhuareka o tā te kūware noho.' Kei hea rā a Hone Iti?

MĀNU: Kei te hī hāmana ia.

HŪ: Me Nōra Tāne?

MOERA: I kī mai ia, kāore ia e hoki mai anō.

HŪ: Aa. Kua mōhio a Nōra Tāne ki te tuhi i tōna ingoa— kua mutu te ako a Nōra Tāne. Me ngā māhanga Tōnore? (*Ka ngū mō te wā poto.*)

PIRITA: Kāore e kore, kei te mahi rei rāua. (*Ka haere ia ki a* HŪ.) Koinei te herengi me te waru pene e nama ana ahau ki a koe mō te akoranga tatau i tērā wāhanga ako, ā, koinei te herengi me te hikipene mō te akoranga tuhituhi i tēnei wāhanga.

HŪ: *Gratias tibi ago.* (*Ka noho ia i te tūru i tana tēpu.*)
I mua i te tahuri ki te ako e toru aku take hei kōrero māku ki a koutou—(*Ki a* MĀNU.) he oko tī māku, kia kaha, kia mangu hoki—
(*Ka wehe a* MĀNU.)
Ko te take tuatahi: nā, i roto i aku *perambulations* i te rā nei—Pirita? Tūreiti. Moera?

MOERA: *Perambulare*—ko te hīkoi haere.

HŪ: Koia—I tūpono ahau ki a Kāpene Rānahi nō te Kāhui Kaipūkaha a te Kīngi, ko tāna he rūri i te whenua o tēnei takiwā. I kī mai ia i ngā rangi tata kua taha ake nei e rua ōna hōiho kua ngaro, ā, kua ngaro hoki ētahi o āna taputapu. I whakapāha atu au, i mea atu hoki ahau māna tonu koutou e kōrero e pā ana ki ēnei take. Kātahi ia ka whakamārama mai kāore ia e kōrero Airihi. Pēhea te reo Rātini? Ka pātai au. Karekau. Kariki? Korekore ana.

He speaks—on his own admission—only English; and to his credit he seemed suitably verecund—James?

JIMMY: *Verecundus*—humble.

HUGH: Indeed—he voiced some surprise that we did not speak his language. I explained that a few of us did, on occasion—outside the parish of course—and then usually for the purposes of commerce, a use to which his tongue seemed particularly suited—(*Shouts.*) and a slice of soda bread—and I went on to propose that our own culture and the classical tongues made a happier conjugation—Doalty?

DOALTY: *Conjugo*—I join together.

(DOALTY *is so pleased with himself that he prods and winks at* BRIDGET.)

HUGH: Indeed—English, I suggested, couldn't really express us. And again to his credit he acquiesced to my logic. Acquiesced—Maire? (MAIRE *turns away impatiently,* HUGH *is unaware of the gesture.*) Too slow. Bridget?

BRIDGET: *Acquiesco.*

HUGH: *Procede.*

BRIDGET: *Acquiesco, acquiescere, acquievi, acquietum.*

HUGH: Indeed—and Item B . . .

MAIRE: Master.

HUGH: Yes?

(MAIRE *gets to her feet uneasily but determinedly. Pause.*) Well, girl?

MAIRE: We should all be learning to speak English. That's what my mother says. That's what I say. That's what Dan O'Connell said last month in Ennis. He said the sooner we all learn to speak English the better.

(*Suddenly several speak together.*)

Kōrero ai ia—nāna anō te kōrero—i te reo Ingarihi anahe;
ā, me mihi hoki te tika o tana *verecund*—Tiemi?

TIMI: *Verecundus*—whakamōwai.

HŪ: Koia—i tumeke ia kāore nei tātou e kōrero i tōna reo.
I whakamārama atu au, tokoiti tātou ka kōrero, i ōna
wā—i waho atu i te pāriha—ā, i te nuinga o te wā mō te
hokohoko, ko te āhua nei e tino taunga ana tōna arero ki
tēnā kaupapa—(*Ka hāparangi te waha.*) he parāoa hōura
hoki—kātahi ka takoto i a au taku whakaaro, he pai ake te
conjugation o tō tātou ahurea me ngā reo o nehe—Toati?

TOATI: *Conjudo*—Ko te hono tahi.
(*He pērā rawa te kaha o te whakamanamana a* TOATI, *ka
wero, ka kimo hoki ia ki a* PIRITA.)

HŪ: Koia—I mea au, kāore e tino taea e te reo Ingarihi
ō tātou whakaaro te whakaputa. Ā, me mihi anō tāna
acquiesce mai ki tōku whakaaro. *Acquiesced*—Moera?
(*Ka huri kē a* MOERA *i runga i te takeo. Kāore e kitea ana
e* HŪ.) Tūreiti. Pirita?

PIRITA: *Acquiesco.*

HŪ: *Procede.*

PIRITA: *Acquiesco, acquiescere, acquievi, acquietum.*

HŪ: Āna, koia—ā, ko te take tuarua . . .

MOERA: Māhita.

HŪ: Āe?
(*Ka tū a* MOERA *i runga i te anipā, engari i runga tonu i te
pūkeke. Ka ngū.*)
He aha, e kō?

MOERA: Me ako tātou katoa ki te kōrero i te reo Ingarihi.
Koinā te kōrero a tōku whaea. Koinā hoki tāku. Koinā te
kōrero a Tāne Ōkonora i tērā marama i Ēnihi. Hei tāna,
kia tere ake tā tātou ako ki te kōrero i te reo Ingarihi, ko te
painga atu tērā.
(*Kātahi ka kōrero ētahi i te wā kotahi.*)

JIMMY: What's she saying? What? What?

DOALTY: It's Irish he uses when he's travelling around scrounging votes.

BRIDGET: And sleeping with married women. Sure no woman's safe from that fella.

JIMMY: Who-who-who? Who's this? Who's this?

HUGH: *Silentium!* (*Pause.*) Who is she talking about?

MAIRE: I'm talking about Daniel O'Connell.

HUGH: Does she mean that little Kerry politician?

MAIRE: I'm talking about the Liberator, Master, as you well know. And what he said was this: 'The old language is a barrier to modern progress.' He said that last month. And he's right. I don't want Greek. I don't want Latin. I want English.

(MANUS *reappears on the platform above.*)

I want to be able to speak English because I'm going to America as soon as the harvest's all saved.

(MAIRE *remains standing.* HUGH *puts his hand into his pocket and produces a flask of whisky. He removes the cap, pours a drink into it, tosses it back, replaces the cap, puts the flask back into his pocket. Then.*)

HUGH: We have been diverted—*diverto*—*divertere*—Where were we?

DOALTY: Three items of information, Master. You're at Item B.

HUGH: Indeed—Item B—Item B—yes—On my way to the christening this morning I chanced to meet Mr George Alexander, Justice of the Peace. We discussed the new national school. Mr Alexander invited me to take charge of it when it opens. I thanked him and explained that I could do that only if I were free to run it as I have run this

60

TIMI: He aha tāna? He aha? He aha?

TOATI: Heoi tāna, he kōrero Airihi i a ia e hāereere ana ki te patipati pōti.

PIRITA: Me te moe hoki i ngā wāhine mārena. Karekau he wāhine e pai i te taha o te tāhae rā.

TIMI: Ko wai—ko wai? Ko wai rā? Ko wai rā?

HŪ: *Silentium!* (*Ka ngū.*) Ko wai tāna e kōrero nei?

MOERA: Kei te kōrero ahau mō Tāniera Ōkonora.

HŪ: Ko te punua kaitōrangapū rā o Kēri tāna e mea nei?

MOERA: Kei te kōrero ahau mō te Kaiwhakawātea, Māhita, e mōhio ana koe. Kāti, koinei tāna i kī mai ai: 'He ārai te reo o te ao tawhito i te haere whakamua ki te ao hou.' Koirā tāna i tērā marama. Waihoki, he tika tāna. Kāore au i te pīrangi ki te reo Kariki. Kāore au i te pīrangi ki te reo Rātini. Kei te pīrangi ahau ki te reo Ingarihi.
(*Ka puta mai anō a MĀNU i te papa tuarua.*)
Kei te pīrangi mōhio ahau ki te kōrero i te reo Ingarihi nā te mea, mutu tonu atu te hauhake e haere ana ahau ki Amerika.
(*E tū tonu ana a MOERA. Ka toro te ringa o HŪ ki te pūkoro o tōna tarau, tango mai ai i tētahi kotimutu wihikē. Ka tango ia i te taupoki, ka riringi atu i te wai ki roto, kātahi ka inumia, ka whakahoki i te taupoki, ka whakahoki anō i te kotimutu ki tana pūkoro.*)

HŪ: Kua kotiti tātou—*diverto*—*divertere*—I hea kē tātou?

TOATI: E toru ngā take, Māhita. Kei te take tuarua koe.

HŪ: Koia—Ko te take tuarua—ko te take tuarua—āe—I taku haerenga atu ki te iriiringa i te ata nei i tūpono noa au ki a Mita Hōri Arekahānara, Kaiwhakawā Tūmatanui. I kōrero māua mō te kura ā-motu hou. I tono mai a Mita Arekahānara māku e whakahaere ka tuwhera mai ana. I mihi atu au, ka rere taku whakamārama, e pērā ai au, me wātea rawa ahau ki te whakahaere i te kura rā pēnei

61

hedge-school for the past thirty-five years—filling what our friend Euripides calls the '*aplestos pithos*'—James?

JIMMY: 'The cask that cannot be filled'.

HUGH: Indeed—and Mr Alexander retorted courteously and emphatically that he hopes that is how it will be run.
(MAIRE *now sits.*)
Indeed. I have had a strenuous day and I am weary of you all. (*He rises.*) Manus will take care of you.
(HUGH *goes towards the steps.*
OWEN *enters.* OWEN *is the younger son, a handsome, attractive young man in his twenties. He is dressed smartly—a city man. His manner is easy and charming: everything he does is invested with consideration and enthusiasm. He now stands framed in the doorway, a travelling bag across his shoulder.*)

OWEN: Could anybody tell me is this where Hugh Mor O'Donnell holds his hedge-school?

DOALTY: It's Owen—Owen Hugh! Look, boys—it's Owen Hugh!
(OWEN *enters. As he crosses the room he touches and has a word for each person.*)

OWEN: Doalty! (*Playful punch.*) How are you, boy?
Jacobe, quid agis? Are you well?

JIMMY: Fine. Fine.

OWEN: And Bridget! Give us a kiss. Aaaaaah!

BRIDGET: You're welcome, Owen.

OWEN: It's not—? Yes, it *is* Maire Chatach! God! A young

anō i taku whakahaere i tēnei wharekura i ngā tau e toru
tekau mā rima kua taha ake nei—ko tāku, he whakakī i
tā tō tātou hoa, i tā Uripirihi i kī ai ko te 'aplestos pithos'—
Tiemi?

TIMI: 'Ko te kāho e kore nei e kī'.

HŪ: Koia—ā, i hūmārika, i mārama hoki te whakahoki mai
a Mita Arekahānara, ko tōna tūmanako ka pērā te āhua o
te whakahaerehia o te kura.

(*Ka noho a* MOERA.)

Koia. He nui ngā mahi i tēnei rā, waihoki, kua hōhā au i a
koutou katoa. (*Ka tū ia.*) Mā Mānu koutou e ārahi.

(*Ka ahu a* HŪ *ki ngā arapiki.*

Ka tomo mai a ŌWENA. *Ko* ŌWENA *te pōtiki o ana
tamatāne, he purotu, he taitama ranginamu kei nga rua
tekau ōna tau. E tau ana ōna kākahu—he tangata noho
tāone. He ngāwari, he huatau hoki tōna āhua: katoa
āna mahi e mahia ana i runga i te whakaaro nui me te
matangareka. E tū ana ia i te kūaha, kei tōna pokohiwi
tētahi pēke hāereere e tākawe mai ana.*)

ŌWENA: Tēnā koa, ko tēnei rānei te wāhi e tū ai te
wharekura o Hū Mō Ōtānara?

TOATI: Ē, ko Ōwena—Ōwena Hū! Titiro, e hoa mā—ko
Ōwena Hū!

(*Ka tomo mai a* ŌWENA. *I a ia e whakawhiti ana i te
rūma, ka pā tōna ringa ki tēnā, ki tēnā, ā, he kupu hoki tāna
ki tēnā, ki tēnā.*

ŌWENA: Toati! (*Ka kurua ia i runga i te wairua ngahau.*) Kei
te pēhea, e tama?

Jacobe, quid agis? Kei te ora koe?

TIMI: Kei te pai. Kei te pai.

ŌWENA: A Pirita! Kihi mai. Aaaaaaa!

PIRITA: Hoki mai, Ōwena.

ŌWENA: Ehara—? Āe, ko Moera Māwhatu! E tama! Kua

woman!

MAIRE: How are you, Owen?

(OWEN *is now in front of* HUGH. *He puts his two hands on his father's shoulders.*)

OWEN: And how's the old man himself?

HUGH: Fair—fair.

OWEN: Fair? For God's sake you never looked better! Come here to me. (*He embraces* HUGH *warmly and genuinely.*) Great to see you, Father. Great to be back.

(HUGH's *eyes are moist—partly joy, partly the drink.*)

HUGH: I—I'm—I'm—pay no attention to—

OWEN: Come on—come on—come on—(*He gives* HUGH *his handkerchief.*) Do you know what you and I are going to do tonight? We are going to go up to Anna na mBreag's
. . .

DOALTY: Not there, Owen.

OWEN: Why not?

DOALTY: Her poteen's worse than ever.

BRIDGET: They say she puts frogs in it!

OWEN: All the better. (*To* HUGH.) And you and I are going to get footless drunk. That's arranged.

(OWEN *sees* MANUS *coming down the steps with tea and soda bread.*

They meet at the bottom.)

And Manus!

MANUS: You're welcome, Owen.

OWEN: I know I am. And it's great to be here. (*He turns round, arms outstretched.*) I can't believe it. I come back after six years and everything's just as it was! Nothing's changed! Not a thing! (*Sniffs.*) Even that smell— that's the same smell this place always had. What is it anyway? Is it the straw?

DOALTY: Jimmy Jack's feet.

wahine mai!

MOERA: E pēwhea ana koe, Ōwena?

(*Kei mua a* ŌWENA *i a* HŪ *ināianei. Ka pā ōna ringa e
rua ki ngā pokohiwi o tōna matua.*)

ŌWENA: Ā, kei te pēhea te koroua nei?

HŪ: Kei te pērā tonu.

ŌWENA: Pērā tonu? E tama, kei te ora katoa tō āhua! Tēnā,
haere mai. (*Ka awhi ia i a* HŪ *i runga i te aroha.*)
He rawe te kite i a koe, Pāpā. He rawe te hoki mai anō.
(*Kua matawai ngā kanohi o* HŪ—*i runga i te koa me
haurangi anō hoki.*)

HŪ: Kua—kua—kua—kāti, kaua e aro mai ki a—

ŌWENA: Kei te pai—kei te pai—kei te pai (*Ka hoatu e ia
tana aikiha ki a* HŪ.) Kei te mōhio koe he aha tā tāua ā te
pō nei, nē? Kei te haere tāua ki tō Ani Rūkahu . . .

TOATI: Kaua ki kō, Ōwena.

ŌWENA: He aha i kore ai?

TOATI: Kua tino hē kē atu tana waikōhua.

PIRITA: E ai te kōrero, ka makaia e ia he poraka ki roto!

ŌWENA: Nā wai i pai, ka pai kē atu. (*Ki a* HŪ.) Kia heahea
mārika tāua i te haurangi. Kua oti tērā.
(*Ka kite a* ŌWENA *i a* MĀNU *e heke iho ana i ngā
arapiki, e kawe ana i te tī me te parāoa hōura.
Ka tūtaki rāua i raro.*)
Ē, Mānu!

MĀNU: Hoki mai, Ōwena, hoki mai.

ŌWENA: Mihi mai. He rawe te hoki mai. (*Ka huri atu ia,
e roha ana ngā ringa.*) Kātahi rā. E ono tau kua huri, ka
hoki mai ahau, ā, kei te pēnei tonu te āhua! Kāore i rerekē!
Kāore i paku rerekē! (*Ka hongi ia.*) Ko taua kakara tonu
rā—koirā tonu te kakara o te wāhi nei, mai mai. He aha
rā? Ko te kakau witi rānei?

TOAIT: Ko ō Timi Tiaki waewae kē.

65

(General laughter. It opens little pockets of conversation round the room.)

OWEN: And Doalty Dan Doalty hasn't changed either!

DOALTY: Bloody right, Owen.

OWEN: Jimmy, are you well?

JIMMY: Dodging about.

OWEN: Any word of the big day?

(This is greeted with 'ohs' and 'ahs'.)

Time enough, Jimmy. Homer's easier to live with, isn't he?

MAIRE: We heard stories that you own ten big shops in Dublin—is it true?

OWEN: Only nine.

BRIDGET: And you've twelve horses and six servants.

OWEN: Yes—that's true. God Almighty, would you listen to them—taking a hand at me!

MANUS: When did you arrive?

OWEN: We left Dublin yesterday morning, spent last night in Omagh and got here half an hour ago.

MANUS: You're hungry then.

HUGH: Indeed—get him food—get him a drink.

OWEN: Not now, thanks; later. Listen—am I interrupting you all?

HUGH: By no means. We're finished for the day.

OWEN: Wonderful. I'll tell you why. Two friends of mine are waiting outside the door. They'd like to meet you and I'd like you to meet them. May I bring them in?

HUGH: Certainly. You'll all eat and have . . .

OWEN: Not just yet, Father. You've seen the sappers working in this area for the past fortnight, haven't you? Well, the

(Ka katakata te katoa. Kua tahuri tēnā me tēnā ki te kōrerorero, puta noa i te rūma.)

ŌWENA: Kāore hoki a Toati Tāne Toati i paku rerekē ake!

TOATI: Tika tonu, Ōwena.

ŌWENA: E Timi, kei te ora koe?

TIMI: Kei te karokaro tonu.

ŌWENA: Kua tae mai he kōrero mō te rā nui?

(Rere ana te 'aaa' me te 'uuu' i tēnei nā.)

Kei te nui te wā, e Timi. He pai a Hauma hei hoa haere mōu, nē hā?

MOERA: I rongo kōrero mātou, tekau ō toa nui i Tapurini— he pono rānei?

ŌWENA: E iwa noa iho.

PIRITA: Waihoki, tekau mā rua ō hōiho, ā, tokoono ō hāwini.

ŌWENA: Āe—he pono tēnā. Mō te whakatoi, e kare mā, kāore nei he painga i a koutou!

MĀNU: Nōnahea koe i tae mai ai?

ŌWENA: I wehe mai mātou i Tapurini i te ata inanahi, i moea te pō i Ōmā, ā, haurua hāora i mua ake nei ka tae mai ki konei.

MĀNU: Nō reira, e hiakai ana koe.

HŪ: Ehara—tīkina he kai māna—tīkina hoki he inu māna.

ŌWENA: E pai ana ahau; taihoa ake. Tēnā—kei te whakapōrearea ahau i a koutou?

HŪ: Karekau. Kua mutu tā mātou mahi mō te rā.

ŌWENA: Ka rawe. Whakarongo mai. Tokorua ōku hoa kei waho e tatari mai ana. Kei te hiahia tūtaki rāua ki a koutou, ā, me tūtaki koutou ki a rāua. E pai ana kia heria mai rāua ki roto nei?

HŪ: E mea ana koe. Koutou katoa ka kai, ka . . .

ŌWENA: Taihoa ake, Pāpā. Kua kite koe i ngā hōia e mahi ana i tēnei takiwā i ngā wiki e rua kua taha ake nei, nē hā?

67

older man is Captain Lancey . . .

HUGH: I've met Captain Lancey.

OWEN: Great. He's the cartographer in charge of this whole area.

Cartographer—James?

(OWEN *begins to play this game—his father's game—partly to involve his classroom audience, partly to show he has not forgotten it, and indeed partly because he enjoys it.*)

JIMMY: A maker of maps.

OWEN: Indeed—and the younger man that I travelled with from Dublin, his name is Lieutenant Yolland and he is attached to the toponymic department—Father?—*responde—responde!*

HUGH: He gives names to places.

OWEN: Indeed—although he is in fact an orthographer—Doalty?—too slow—Manus?

MANUS: The correct spelling of those names.

OWEN: Indeed—indeed!

(OWEN *laughs and claps his hands. Some of the others join in.*) Beautiful! Beautiful! Honest to God, it's such a delight to be back here with you all again—'civilised' people. Anyhow—may I bring them in?

HUGH: Your friends are our friends.

OWEN: I'll be straight back.

(*There is general talk as* OWEN *goes towards the door. He stops beside* SARAH.)

OWEN: That's a new face. Who are you?

(*A very brief hesitation. Then.*)

SARAH: My name is Sarah.

OWEN: Sarah who?

SARAH: Sarah Johnny Sally.

OWEN: Of course! From Bun na hAbhann! I'm Owen—Owen Hugh Mor. From Baile Beag. Good to see you.

Nā, ko te mea kaumātua o rātou, ko Kāpene Rānahi . . .

HŪ: Kua tūtaki māua ko Kāpene Rānahi.

ŌWENA: Ka pai. Ko ia te *cartographer* mō tēnei rohe katoa. *Cartographer*, Tiemi?

(*Ka tahuri a* ŌWENA *ki te tākaro i te kēmu nei—ko te kēmu a tōna pāpā—he hiahia nōna kia uru mai ngā ākonga, he whakaatu hoki nāna kāore anō i wareware i a ia te kēmu, waihoki he ngahau ki a ia.*)

TIMI: He kaihanga mahere whenua.

ŌWENA: Koia—waihoki, ko te mea tamariki i haere tahi mai i a au i Tapurini, ko Rūtene Hōrani te ingoa, ā, nō te tari *toponymic* ia—Pāpā?—*responde*—*resonde*!

HŪ: Ko tāna, he whakaingoa wāhi.

ŌWENA: Koia—ahakoa rā he *orthographer* kē ia—Toati?— tūreiti, e te iwi, e—Mānu?

MĀNU: Ko te tika o te tātaki i aua ingoa.

ŌWENA: Koia—koia!

(*Ka kata a* ŌWENA, *ka pakipaki hoki ōna ringaringa. Ka uru mai ētahi atu.*)

Kia ātaahua hoki! Māku e kī atu, inā te āhuareka o te hoki mai anō ki konei, ki a koutou katoa—ki ngā tāngata '*mōhio*'. Heoi anō—e pai ana kia heria mai rāua?

HŪ: Ko ō hoa, ko ō mātou hoa.

ŌWENA: Kāore e roa.

(*Ka kōrerorero te katoa i a* ŌWENA *e haere ana ki te kūaha. Ka tū ia i te taha o* HERA.)

ŌWENA: He kanohi hou tēnā. Ko wai koe?

(*Ka paku horokukū ia.*)

HERA: Ko Hera tōku ingoa.

ŌWENA: Hera wai?

HERA: Hera Hoani Hiria.

ŌWENA: Tika! Nō Bun na hAbhann! Ko Ōwena ahau— Ōwena Hū Mō. Nō Baile Beg. Tēnā koe.

(*During this* OWEN–SARAH *exchange.*)

HUGH: Come on now. Let's tidy this place up. (*He rubs the top of his table with his sleeve.*) Move, Doalty—lift those books off the floor.

DOALTY: Right, Master; certainly, Master; I'm doing my best, Master.

(OWEN *stops at the door.*)

OWEN: One small thing, Father.

HUGH: *Silentium!*

OWEN: I'm on their pay-roll.

(SARAH, *very elated at her success, is beside* MANUS.)

SARAH: I said it, Manus!

(MANUS *ignores* SARAH. *He is much more interested in* OWEN *now.*)

MANUS: You haven't enlisted, have you?!

(SARAH *moves away.*)

OWEN: Me a soldier? I'm employed as a part-time, underpaid, civilian interpreter. My job is to translate the quaint, archaic tongue you people persist in speaking into the King's good English. (*He goes out.*)

HUGH: Move—move—move! Put some order on things! Come on, Sarah—hide that bucket. Whose are these slates? Somebody take these dishes away. *Festinate! Festinate!*

(HUGH *pours another drink.*

MANUS *goes to* MAIRE *who is busy tidying.*)

MANUS: You didn't tell me you were definitely leaving.

MAIRE: Not now.

HUGH: Good girl, Bridget. That's the style.

MANUS: You might at least have told me.

HUGH: Are these your books, James?

JIMMY: Thank you.

(*I a* ŌWENA *rāua ko* HERA *e kōrero ana.*)

HŪ: Kia tere. Kia whakapaipai tātou i te rūma nei. (*Ka ūkui ia i tana tēpu ki te ringa o tōna hāte.*) Kia tere, Toati— tīkina ērā pukapuka i te papa.

TOATI: Āe, Māhita; kia ora, Māhita; e mahia ana, Māhita. (*Ka tū a* ŌWENA *i te kūaha.*)

ŌWENA: Kotahi anō te take iti nei, Pāpā.

HŪ: *Silentium!*

ŌWENA: Kei te utua ahau e rātou. (*Kua koa a* HERA *i tāna mahi, kei tō* MĀNU *taha ia.*)

HERA: I kōrerotia atu e au, Mānu! (*Ka piki a* MĀNU *i a* HERA. *Kua warea ia ki a* ŌWENA *ināianei.*)

MĀNU: Kua uru koe ki te ope hōia?! (*Ka neke atu a* HERA.)

ŌWENA: Ahau hei hōia? E utua ana ahau hei kaiwhakawhitireo nō te marea e mahi harangotengote nei, heoi kāore e eke ana te utu. Ko tāku, he whakawhiti mai i te reo whanokē, i te reo matangarongaro e tohe tonu nei koutou ki te kōrero ki te reo Ingarihi tika o te Kīngi. (*Ka puta ia ki waho.*)

HŪ: Kia tere—kia tere—kia tere! Whakanahanahatia te whare! Kia kakama, e Hera—hunaia tērā pākete. Nā wai ēnei papatuhi? Mā tētahi e kawe atu ēnei rīhi. *Festinate! Festinate!* (*Ka riringi a* HŪ *i tētahi inu atu māna. Ka haere a* MĀNU *ki a* MOERA *e whakapaipai ana.*)

MĀNU: Kāore koe i kī mai i te tino haere koe.

MOERA: Kaua ināianei.

HŪ: Ka pai, Pirita. Koia kei a koe.

MĀNU: Ka mahue tō kī mai.

HŪ: Nāu ēnei pukapuka, Tiemi?

TIMI: Tēnā koe.

MANUS: Fine! Fine! Go ahead! Go ahead!

MAIRE: You talk to me about getting married—with neither a roof over your head nor a sod of ground under your foot. I suggest you go for the new school; but no—'My father's in for that.' Well now he's got it and now this is finished and now you've nothing.

MANUS: I can always . . .

MAIRE: What? Teach classics to the cows? Agh—

(MAIRE *moves away from* MANUS.

OWEN *enters with* LANCEY *and* YOLLAND.

CAPTAIN LANCEY *is middle-aged; a small, crisp officer, expert in his field as cartographer but uneasy with people— especially civilians, especially these foreign civilians. His skill is with deeds, not words.*

LIEUTENANT YOLLAND *is in his late twenties/early thirties. He is tall and thin and gangling, blond hair, a shy, awkward manner. A soldier by accident.*)

OWEN: Here we are. Captain Lancey—my father.

LANCEY: Good evening.

(HUGH *becomes expansive, almost courtly, with his visitors.*)

HUGH: You and I have already met, sir.

LANCEY: Yes.

OWEN: And Lieutenant Yolland—both Royal Engineers— my father.

HUGH: You're very welcome, gentlemen.

YOLLAND: How do you do.

HUGH: *Gaudeo vos hie adesse.*

OWEN: And I'll make no other introductions except that

MĀNU: E pai ana! E pai ana! Haere! Haere!

MOERA: He rite tonu tō kōrero mai ki a au mō te mārena—
engari kāore ō whare, kāore tahi ō whenua. Ko tāku ki a
koe, tono atu ki te kura hou; engari kāo—'Kua tono kē
tōku pāpā i tērā.' Kāti, kua riro i a ia ināianei, ā, kua mutu
tēnei nā, me te aha, karekau ō paku aha.

MĀNU: Ka taea tonutia e au te . . .

MOERA: Te aha? Te whakaako ngā reo o nehe ki ngā kau?
Kātahi rā hoki—

(*Ka wehe a* MOERA *i a* MĀNU.

Ka tomo mai a ŌWENA *rātou ko* RĀNAHI, *ko*
HŌRANI. *He taipakeke a* KĀPENE RĀNAHI; *he tangata
iti ia, he āpiha kakama, he tohunga ia ki tāna mahi hei
kaihanga mahere whenua, engari ka ikimoke ia i te taha o te
tangata—heoi anō, i te taha o te marea, o te marea tauiwi
hoki. Ko ōna pūkenga kei āna mahi, kāore i āna kupu.*

*Kei ngā tau tōmuri o ngā rua tekau, tōmua rānei o ngā toru
tekau te kaumātua o* RŪTENE HŌRANI. *He tāroaroa
ia, he whīroki, he pakikoke, he urukehu ngā makawe, ā, he
whakamā, he hūiki hoki tōna āhua. I tūpono noa ia ki te
mahi hōia.*)

ŌWENA: Tēnā tātou. Kāpene Rānahi—ko tōku matua tēnei.

RĀNAHI: Tēnā koe.

(*Ka whakahoahoa a* HŪ, *kua tata huatau tonu, ki āna
manuhiri.*)

HŪ: Kua tūtaki kē tāua, e tai.

RĀNAHI: Āe.

ŌWENA: Ko Rūtene Hōrani tēnei—nō te Kāhui Kaipūkaha
a te Kīngi rāua tahi—ko tōku matua tēnei.

HŪ: Nau mai, haere mai, e pā mā.

HŌRANI: Tēnā koe.

HŪ: *Gaudeo vos hie adesse.*

ŌWENA: Kāore au e whakahuahua ko wai, ko wai, heoi anō

73

these are some of the people of Baile Beag and—what?—
well you're among the best people in Ireland now. (*He
pauses to allow* LANCEY *to speak.* LANCEY *does not.*)
Would you like to say a few words, Captain?

HUGH: What about a drop, sir?

LANCEY: A what?

HUGH: Perhaps a modest refreshment? A little sampling of
our aqua vitae?

LANCEY: No, no.

HUGH: Later perhaps when . . .

LANCEY: I'll say what I have to say, if I may, and as briefly as
possible. Do they speak *any* English, Roland?

OWEN: Don't worry. I'll translate.

LANCEY: I see. (*He clears his throat. He speaks as if he were
addressing children—a shade too loudly and enunciating
excessively.*) You may have seen me—seen me—working in
this section—section?— working. We are here—here—in
this place—you understand?—to make a map—a map—a
map and—

JIMMY: *Nonne Latine loquitur?*

(HUGH *holds up a restraining hand.*)

HUGH: James.

LANCEY: (*To* JIMMY.) I do not speak Gaelic, sir. (*He looks
at* OWEN.)

OWEN: Carry on.

LANCEY: A map is a representation on paper—a picture—
you understand picture?—a paper picture—showing,
representing this country—yes?—showing your country in
miniature—a scaled drawing on paper of—of—of—
(*Suddenly* DOALTY *sniggers. Then* BRIDGET. *Then*

he tāngata ēnei nō Baile Beag, ā,—me pēhea?—kia pēnei, kei waenganui kōrua i ngā tino tāngata o Airani ināianei. (*Ka mutu tana kōrero kia wātea ai a* RĀNAHI *ki te kōrero. Kāore a* RĀNAHI *e kōrero.*) He kōrero āu, Kāpene?

HŪ: He paku inu rānei māu, e tai?

RĀNAHI: He aha?

HŪ: He inu pea māu? He whakamātau iti noa iho nei i tā mātou wai ora?

RĀNAHI: Kāo, kāo.

HŪ: Ā muri ake nei pea kia . . .

RĀNAHI: Tēnā, kia kōrero atu au i tāku, me e pai ana, ā, kāore hoki e roa. He mōhio rātou ki te kōrero Ingarihi, Rōrangi?

ŌWENA: E pai ana. Māku e whakamāori.

RĀNAHI: Kāti. (*Ka wharowharo ia. Ka kōrero ia, ānō nei e kōrero ana ki te tamariki—he āhua hoihoi rawa, ā, he kaha rawa hoki tana āta whakahua.*) Kua kite pea koutou i a au—i a au—e mahi ana i tēnei takiwā—takiwā?—e mahi ana. Kei konei mātou—kei konei—i tēnei wāhi—kua mārama?—ki te hanga i tētahi mahere—mahere—tētahi mahere me—

TIMI: *Nonne Latine loquitur?*

(*Ka tū te ringa o* HŪ *ki te haukoti i a ia.*)

HŪ: Tiemi.

RĀNAHI: (*Ki a* TIMI.) E tai, kāore au e kōrero Airihi. (*Ka titiro ia ki a* ŌWENA.)

ŌWENA: Kōrero tonu.

RĀNAHI: Ko te mahere, he whakaahuahanga i runga i te pepa—he pikitia—kua mārama, he pikitia?—he pikitia pepa—e whakaatu ana, e whakaahua ana i tēnei motu— āe?—e whakaatu ana i tō motu, engari he iti—he tānga āwhata kei runga i te pepa o—o—o—

(*Mea rawa ake, kua kuku a* TOATI *i tana kata. Ka pērā*

SARAH. OWEN *leaps in quickly*.)

OWEN: It might be better if you *assume* they understand you—

LANCEY: Yes?

OWEN: And I'll translate as you go along.

LANCEY: I see. Yes. Very well. Perhaps you're right. Well. What we are doing is this. (*He looks at* OWEN. OWEN *nods reassuringly*.) His Majesty's government has ordered the first ever comprehensive survey of this entire country—a general triangulation which will embrace detailed hydrographic and topographic information and which will be executed to a scale of six inches to the English mile.

HUGH: (*Pouring a drink.*) Excellent—excellent. (LANCEY *looks at* OWEN.)

OWEN: A new map is being made of the whole country. (LANCEY *looks to* OWEN: *Is that all?* OWEN *smiles reassuringly and indicates to proceed.*)

LANCEY: This enormous task has been embarked on so that the military authorities will be equipped with up-to-date and accurate information on every corner of this part of the Empire.

OWEN: The job is being done by soldiers because they are skilled in this work.

LANCEY: And also so that the entire basis of land valuation can be reassessed for purposes of more equitable taxation.

OWEN: This new map will take the place of the estate-agent's map so that from now on you will know exactly what is yours in law.

LANCEY: In conclusion I wish to quote two brief extracts from the white paper which is our governing charter: (*Reads.*) 'All former surveys of Ireland originated in forfeiture and violent transfer of property; the present *hoki a* PIRITA. *Me* HERA. *Ka tere kōrero a* ŌWENA.)

ŌWENA: Ko te painga atu kia kōrero koe me te mea nei e
mārama ana rātou ki a koe—

RĀNAHI: Nĕ?

ŌWENA: Ā, māku e whakamāori i a koe e kōrero ana.

RĀNAHI: Ka pai. Āe. Ka pai. Kei te tika pea tāu. Kāti.
Koinei tā mātou mahi. (*Ka titiro ia ki a* ŌWENA. *Ka
tungou atu a* ŌWENA.) Kua tonoa e te kāwanatanga o te
Kīngi te rūritanga whānui tuatahi o tēnei motu katoa—he
tātaitanga ā-tapatoru whānui e whai ana i ngā tātaitanga
ā-wai me ngā tātaitanga ā-papa, ā, ka mahia mai kia ono
īnihi te roa o te māero Ingarihi kotahi.

HŪ: (*E riringi ana i tētahi inu.*) Ka kino kē hoki.

(*Ka titiro a* RĀNAHI *ki a* ŌWENA.)

ŌWENA: E hangaia ana tētahi mahere hou o te whenua
katoa.

(*Ka titiro a* RĀNAHI *ki a* ŌWENA: *Koinā noa iho? Ka
menemene a* ŌWENA, *ka tohu hoki i a ia kia kōrero tonu.*)

RĀNAHI: Kei te kōkirihia tēnei mahi nui taioreore kia riro ai
i ngā mana whakahaere o te ope hōia ngā mōhiotanga tika
o te wā e pā ana ki ngā tōpito katoa o tēnei wāhanga o te
Emepaea.

ŌWENA: E whakaotia ana te mahi nei e ngā hōia, he
pūkenga nō rātou ki tēnei mahi.

RĀNAHI: Kia pai ai hoki te arotake anō i te wāriutanga o te
whenua katoa kia tōkeke ake ai ngā mahi tāke.

ŌWENA: Ka whakakapi tēnei mahere hou i te mahere a te
kaihoko whenua kia mōhio pū ai koe ā ahu ake, ko hea
nōu, e ai ki te ture.

RĀNAHI: Hei whakakapi, kia tīkina atu e au ētahi kōrero
poto e rua i te pepa mā, arā, i tā mātou tūtohinga
whakahaere: (*Ka pānui ia.*) 'Katoa ngā rūritanga o mua
o Airani i hua mai i te raupatu, i te whakawhitinga rānei

survey has for its object the reflief which can be afforded
to the proprietors and occupiers of land from unequal
taxation.'

OWEN: The captain hopes that the public will cooperate
with the sappers and that the new map will mean that
taxes are reduced.

HUGH: A worthy enterprise—*opus honestum*! And Extract B?

LANCEY: 'Ireland is privileged. No such survey is being
undertaken in England. So this survey cannot but be
received as proof of the disposition of this government to
advance the interests of Ireland.' My sentiments, too.

OWEN: This survey demonstrates the government's interest
in Ireland and the captain thanks you for listening so
attentively to him.

HUGH: Our pleasure, Captain.

LANCEY: Lieutenant Yolland?

YOLLAND: I—I—I've nothing to say—really—

OWEN: The captain is the man who actually makes the new
map.

George's task is to see that the place-names on this map are
. . . correct. (*To* YOLLAND.) Just a few words—they'd like
to hear you. (*To class.*) Don't you want to hear George, too?

MAIRE: Has he anything to say?

YOLLAND: (*To* MAIRE.) Sorry—sorry?

OWEN: She says she's dying to hear you.

YOLLAND: (*To* MAIRE.) Very kind of you—thank you . . .
(*To class.*) I can only say that I feel—I feel very foolish to—
to—to be working here and not to speak your language.
But I intend to rectify that—with Roland's help—indeed I
do.

o ngā whenua i runga i te kaikoka; ko te whāinga o te rūritanga hou nei kia tukua atu ngā moni i hua mai i te hē o ngā mahi tāke ki ngā rangatira me ngā kainoho i runga te whenua.

ŌWENA: E tūmanako ana te Kāpene, ka mahi ngātahi te iwi ki ngā hōia, me te aha anō, mā te mapi hou nei e heke iho ai ngā tāke.

HŪ: Mahi tika ana—*opus honestum!* Me te kōrero tuarua?

RĀNAHI: 'Kua rangatira a Airani. Kāore e whakahaerehia ana tētahi rūritanga i Ingarangi. Nō reira, ka waiho tēnei rūritanga hei whakaū i te hiahia o tēnei kāwanatanga kia pakari ake ai a Airani.' Nōku anō hoki ēnei whakaaro.

ŌWENA: E whakaatu ana tēnei rūritanga i te whaipānga o te kāwanatanga ki a Airani, ā, e mihi ana anō te kāpene ki a koutou, mō koutou i whakarongo pīkari ki a ia.

HU: E pai ana, Kāpene.

RĀNAHI: Rūtene, Hōrani?

HŌRANI: Ka—ka—kāore aku kōrero.

ŌWENA: Ko te kāpene te tangata māna kē e mahi te mahere hou.

Ko tā Hōri, he whakaū i te . . . te tika o ngā ingoa wāhi i te mahere nei. (*Ki a* HŌRANI.) He kōrero poto pea—kei te hiahia whakarongo rātou ki a koe. (*Ki ngā ākonga.*) Kei te hiahia whakarongo hoki koutou ki a Hōri?

MOERA: He kōrero rānei tāna?

HŌRANI: (*Ki a* MOERA.) He aha—he aha?

ŌWENA: I mea ia, e mate ana ia ki te whakarongo ki a koe.

HŌRANI: (*Ki a* MOERA.) Kia ora—tēnā koe . . .

(*Ki ngā ākonga.*) Kia kī noa ake ahau, e—e whakamā ana, kei—kei konei ahau e mahi ana, engari kāore au e mōhio ki te kōrero i tō koutou reo. Engari māku tērā e whakatika—mā Rōrangi ahau e āwhina—āe, māku tērā e whakatika.

79

OWEN: He wants me to teach him Irish!

HUGH: You are doubly welcome, sir.

YOLLAND: I think your countryside is—is—is—is very beautiful. I've fallen in love with it already. I hope we're not too—too crude an intrusion on your lives. And I know that I'm going to be happy, very happy, here.

OWEN: He is already a committed Hibernophile—

JIMMY: He loves—

OWEN: Alright, Jimmy—we know—he loves Baile Beag; and he loves you all.

HUGH: Please . . . May I . . . ?

(HUGH *is now drunk. He holds on to the edge of the table.*)

OWEN: Go ahead, Father. (*Hands up for quiet.*) Please—please.

HUGH: And we, gentlemen, we in turn are happy to offer you our friendship, our hospitality, and every assistance that you may require. Gentlemen—welcome!

(*A few desultory claps. The formalities are over. General conversation. The soldiers meet the locals.*

MANUS *and* OWEN *meet down stage.*)

OWEN: Lancey's a bloody ramrod but George's alright. How are you anyway?

MANUS: What sort of a translation was that, Owen?

OWEN: Did I make a mess of it?

MANUS: You weren't saying what Lancey was saying!

Owen: 'Uncertainty in meaning is incipient poetry'—who said that?

MANUS: There was nothing uncertain about what Lancey said: it's a bloody military operation, Owen! And what's

ŌWENA: Ko tana hiahia, māku ia e whakaako ki te reo
    Airihi!

HŪ: Nau mai, haere mai, e pā.

HŌRANI: He—he—he—he tino ātaahua tō koutou whenua.
    Kua hinga kē ahau. Ko taku tūmanako, kāore e— e kaha
    rawa tā mātou whakapōrearea i a koutou. Ā, e mōhio ana
    ahau ka tino koa, tino koa rawa atu ahau, i konei.

ŌWENA: Kua hinga kē ia i te Airihitanga—

TIMI: E aroha ana ia—

ŌWENA: Āe, e Timi—e mōhio ana mātou—e aroha ana ia
    ki Baile Beag; ki a koutou katoa hoki.

HŪ: Tēnā . . . kia kōrero au . . . ?
    (*Kua haurangi a HŪ ināianei. E pupuri ana ia ki te tapa o
    te tēpu.*)

ŌWENA: Kōrero, Pāpā. (*Ka tū tōna ringa kia mū ai te katoa.*)
    Tēnā—tēnā.

HŪ: Waihoki, e pā mā, e koa nei ō mātou ngākau ki te
    whakahoahoa atu, ki te manaaki, ki te āwhina hoki i a
    koutou. E tai mā—nau mai, haere mai!
    (*He iti te pakipaki ngoikore nei. Kua mutu ngā whakahaere
    ōkawa. Kua kōrerorero noa iho. Ka tūtaki ngā hōia ki te hau
    kāinga.
    Ka tūtaki a MĀNU rāua ko ŌWENA i tētahi taha o te
    atamira.*)

ŌWENA: He upoko mārō a Rānahi, engari a Hōri, he pai
    tonu. Heoi anō, kei te pēhea rā koe?

MĀNU: Tēnā whakamāoritanga hoki, Ōwena.

ŌWENA: I hē rānei i a au?

MĀNU: Kāore āu kōrero i rite ki ā Rānahi!

ŌWENA: 'Ko te rangirua o te aronga, he toikupu e mirimiria
    ana'—nā wai tēnā?

MĀNU: Karekau he rangiruatanga o ngā kōrero a Rānahi, he
    whakahaere tēnei nā te ope hōia, Ōwena! He aha te mahi

81

Yolland's function? What's 'incorrect' about the place-names we have here?

OWEN: Nothing at all. They're just going to be standardised.

MANUS: You mean changed into English?

OWEN: Where there's ambiguity, they'll be Anglicised.

MANUS: And they call you Roland! They both call you Roland!

OWEN: Shhhhh. Isn't it ridiculous? They seemed to get it wrong from the very beginning—or else they can't pronounce Owen. I was afraid some of you bastards would laugh.

MANUS: Aren't you going to tell them?

OWEN: Yes—yes—soon—soon.

MANUS: But they . . .

OWEN: Easy, man, easy. Owen—Roland—what the hell. It's only a name. It's the same me, isn't it? Well, isn't it?

MANUS: Indeed it is. It's the same Owen.

OWEN: And the same Manus. And in a way we complement each other.

(*He punches* MANUS *lightly, playfully and turns to join the others. As he goes.*)

Alright—who has met whom? Isn't this a job for the go-between? (MANUS *watches* OWEN *move confidently across the floor, taking* MAIRE *by the hand and introducing her to* YOLLAND.

HUGH *is trying to negotiate the steps.*

JIMMY *is lost in a text.*

DOALTY *and* BRIDGET *are reliving their giggling.*

SARAH *is staring at* MANUS.)

a Hōrani? He aha te 'hē' o ngā ingoa wāhi kei konei, kei a
tātou?

ŌWENA: Karekau. Engari ka whakaōritehia noa ihotia.

MĀNU: E mea ana koe ka hurihia kia reo Ingarihi?

ŌWENA: Ka whakaingarihitia ngā ingoa e rarerare nei te
tangata.

MĀNU: Waihoki, karangahia ai koe e rāua ko Rōrangi! Ko
rāua tahi e Rōrangi atu ana ki a koe!

ŌWENA: Hoihoi. I wā rāua nei hoki, nē? I hē noa iho i a
rāua i te tīmatanga rā anō—kāore rānei e taea e rāua a
Ōwena te whakahua. I te māharahara ahau ka kata mai
ētahi o koutou.

MĀNU: Kāore rānei koe e whāki atu ki a rāua?

ŌWENA: Kāo—kāo—ākuanei—ākuanei.

MĀNU: Engari . . .

ŌWENA: Taihoa, e hoa, taihoa. Ōwena—Rōrangi—hei aha
atu. He ingoa noa iho. Ko ahau tonu tēnei, nē? Nē hā?

MĀNU: Ehara, ehara. Ko taua Ōwena tonu rā.

ŌWENA: Ā, ko taua Mānu anō rā. Mā tāua anō tāua e tika
ai.

(*Ka āta kuru ia i a* MĀNU *i runga i te wairua ngahau,
kātahi ia ka huri, ka hoki ai ki ērā atu. I a ia e hoki ana.*)
Kāti—kua tūtaki a wai ki a wai? Ehara rānei tēnei i tā te
takawaenga mahi? (*Ka mātakitaki a* MĀNU *i a* ŌWENA,
e māia nei tana haere i te rūma, ka kapo ia i te ringa o
MOERA, *ka whakamōhio i a ia ki a* HŌRANI.
E tohe ana a HŪ *ki ngā arapiki.*
Kua warea a TIMI *ki te pānui i tētahi tuhinga.*
E tīhohehohe tonu ana a TOATI *rāua ko* PIRITA.
E titiro māhoi ana a HERA *ki a* MĀNU.)

Act Two

SCENE ONE

The sappers have already mapped most of the area, YOLLAND's *official task, which* OWEN *is now doing, is to take each of the Gaelic names—every hill, stream, rock, even every patch of ground which possessed its own distinctive Irish name—and Anglicise it, either by changing it into its approximate English sound or by translating it into English words. For example, a Gaelic name like Cnoc Ban could become Knockban or—directly translated—Fair Hill. These new standardised names were entered into the Name-Book, and when the new maps appeared they contained all these new Anglicised names.* OWEN's *official function as translator is to pronounce each name in Irish and then provide the English translation.*

The hot weather continues. It is late afternoon some days later. Stage right: an improvised clothes-line strung between the shafts of the cart and a nail in the wall; on it are some shirts and socks. A large map—one of the new blank maps—is spread out on the floor, OWEN *is on his hands and knees, consulting it. He is totally engrossed in his task which he pursues with great energy and efficiency.* YOLLAND's *hesitancy has vanished—he is at home here now. He is sitting on the floor, his long legs stretched out before him, his back resting against a creel, his eyes closed. His mind is elsewhere. One of the reference books—a church registry—lies open on his lap.*

Te Upoko Tuarua

TE WĀHANGA TUATAHI

Kua oti i ngā hōia te nuinga o te takiwā te whakamahere. Ko te mahi a HŌRANI, kua riro nei mā ŌWENA e mahi ināianei, ko te titiro i ngā ingoa Airihi katoa—i ia puke, i ia manga, i ia toka, i ia moka o te whenua i mau kē ko tōna anō ingoa Airihi ahurei—me te whakaingarihi i aua ingoa mā te whakawhiti ki ngā oro Ingarihi e tata ana, mā te whakawhiti rānei ki ngā kupu Ingarihi tonu. Hei tauira, ka huri pea te ingoa Airihi, pēnei i a Cnoc Ban ki a Konokepana—ka whakamāorihia rānei te tikanga o te ingoa—arā, ko Puketaioma. I whakaurua ēnei ingoa kua oti te whakaōrite ki te Puka Ingoa, ā, i te putanga mai o ngā mahere whenua hou, e mau ana ēnei ingoa hou katoa kua oti te whakaingarihi. Ko tā ŌWENA mahi hei kaiwhakamāori, he whakahua i ia ingoa wāhi ki te reo Airihi, he kōrero hoki i te whakamāoritanga ki te reo Ingarihi.

E wera tonu ana ngā rā. Kua ahiahi i ētahi rā i muri mai.
Kei te taha matau o te atamira: he aho whakairi kākahu kua herea ki te kāta me tētahi nēra e titi ana ki te pātū; he hāte, he tōkena hoki e iri ana i te aho.
E hora ana i runga i te papa tētahi mahere whenua hou e māmore mai ana. E tūturi iho ana a ŌWENA, e tirotiro ana ia i te mahere. Kua warea katoa ia ki tāna e mahi rā, e whāia ana hoki i runga i te ngangahau me te tika.
Kua mutu te horokukū o HŌRANI—kua tau tana noho i konei ināianei. E noho ana ia i te papa, e toro atu ana ōna waewae roa i mua i a ia, e whirinaki ana tōna tuarā ki tētahi pūkororoa, ā, e moe ana ōna karu. Kei wāhi kē ōna mahara. E tuwhera mai ana i ōna kūhā tētahi o ngā puka toro, he rārangi ingoa nā te hāhi.

85

Around them are various reference books, the Name-Book, a bottle of poteen, some cups etc.
OWEN *completes an entry in the Name-Book and returns to the map on the floor.*

OWEN: Now. Where have we got to? Yes—the point where that stream enters the sea—that tiny little beach there. George!

YOLLAND: Yes. I'm listening. What do you call it? Say the Irish name again?

OWEN: Bun na hAbhann.

YOLLAND: Again.

OWEN: Bun na hAbhann.

YOLLAND: Bun na hAbhann.

OWEN: That's terrible, George.

YOLLAND: I know. I'm sorry. Say it again.

OWEN: Bun na hAbhann.

YOLLAND: Bun na hAbhann.

OWEN: That's better. Bun is the Irish word for bottom. And Abha means river. So it's literally the mouth of the river.

YOLLAND: Let's leave it alone. There's no English equivalent for a sound like that.

OWEN: What is it called in the church registry?

(*Only now does* YOLLAND *open his eyes.*)

YOLLAND: Let's see . . . Banowen.

OWEN: That's wrong. (*Consults text.*) The list of freeholders calls it Owenmore—that's completely wrong: Owenmore's the big river at the west end of the parish. (*Another text.*) And in the grand jury lists it's called—God!—Binhone!— wherever they got that. I suppose we could Anglicize it to Bunowen; but somehow that's neither fish nor flesh.

Kei ō rāua tahataha ētahi puka toro, te Puka Ingoa, tētahi pātara waikōhua, ētahi kapu, me ētahi atu mea.

Kua oti i a ŌWENA tētahi ingoa te whakauru ki te Puka Ingoa, ā, ka hoki ia ki te tirotiro i te mahere e takoto ana i te papa.

ŌWENA: Nā. Kei hea rā tāua? Arā—kei te wāhi e tere atu ai te manga rā ki te moana—arā, te tuaone iti rā. Hōri!

HŌRANI: Āe. Kei te whakarongo ahau. Me pēhea te kōrero? Kōrerotia mai anō te ingoa Airihi.

ŌWENA: Bun na hAbhann.

HŌRANI: Anō.

ŌWENA: Bun na hAbhann.

HŌRANI: Bun na hAbhann.

ŌWENA: Kia hē mai hoki, Hōri.

HŌRANI: Āe. Kia aroha mai. Kōrerotia mai anō.

ŌWENA: Bun na hAbhann.

HŌRANI: Bun na hAbhann.

ŌWENA: Ka ngangaro. Ko te bun te kupu Airihi mō te pito, ā, ko te abha te kupu mō te awa. Nō reira, ko te waha tonu tērā o te awa.

HŌRANI: Me waiho atu kia pērā ana. Karekau he oro i te reo Ingarihi e rite ana ki tērā.

ŌWENA: He aha rā kei rārangi ingoa a te hāhi?

(*Kātahi anō ka tuwhera ngā karu o HŌRANI.*)

HŌRANI: Taihoa ake . . . Panaōwena.

ŌWENA: E hē ana tērā. (*Ka titiro ia ki te tuhinga.*) Ko te ingoa kei te rārangi kaiherekore, ko Ōwenamora—te mutunga kē mai nei o te hē: ko Ōwenamora te awa nui kei te tuauru o te pāriha. (*E titiro ana ki tētahi atu tuhinga.*) Ko te ingoa kei te rārangi hunga whakawā ko—kātahi rā hoki!—ko Pinihona!—nō hea hoki tērā? Ākuanei pea me whakaingarihi e tāua ko Punaōwena; engari kāore tērā e paku hāngai ki tētahi paku aha rā.

(YOLLAND *closes his eyes again.*)

YOLLAND: I give up.

OWEN: (*At map.*) Back to first principles. What are we trying to do?

YOLLAND: Good question.

OWEN: We are trying to denominate and at the same time describe that tiny area of soggy, rocky, sandy ground where that little stream enters the sea, an area known locally as Bun na hAbhann . . . Burnfoot! What about Burnfoot?

YOLLAND: (*Indifferently.*) Good, Roland. Burnfoot's good.

OWEN: George, my name isn't . . .

YOLLAND: B-u-r-n-f-o-o-t?

OWEN: I suppose so. What do you think?

YOLLAND: Yes.

OWEN: Are you happy with that?

YOLLAND: Yes.

OWEN: Burnfoot it is then. (*He makes the entry into the Name-Book.*) Bun na hAbhann—B-u-r-n-

YOLLAND: You're becoming very skilled at this.

OWEN: We're not moving fast enough.

YOLLAND: (*Opens eyes again.*) Lancey lectured me again last night.

OWEN: When does he finish here?

YOLLAND: The sappers are pulling out at the end of the week. The trouble is, the maps they've completed can't be printed without these names. So London screams at Lancey and Lancey screams at me. But I wasn't intimidated.
(MANUS *emerges from upstairs and descends.*)
'I'm sorry, sir,' I said, 'But certain tasks demand their own

(*Ka kapi anō ngā karu o* HŌRANI.)

HŌRANI: E tama, kua mīere au.

ŌWENA: (*E titiro ana i te mahere.*) Kia hoki anō ki ngā
mātāpono taketake. He aha tā tāua e whai nei?

HŌRANI: He pātai pai tēnā.

ŌWENA: E whai nei tāua ki te whakaingoa me te whakaahua
anō hoki i te wāhi moroitiiti rā, he pukuwai, he tokatoka,
he onepū, e tere atu ai te manga iti rā ki te moana, he wāhi
e mōhiotia ana i konei ko Bun na hAbhann . . .
Pūtuwera! Ka pēhea a Pūtuwera?

HŌRANI: (*E haumaruru ana.*) Ka pai, Rōrangi. He pai a
Pūtuwera.

ŌWENA: Hōri, ehara tōku ingoa i a . . .

HŌRANI: P-ū-t-u-w-e-r-a?

ŌWENA: Ko te āhua nei, āe. He pēhea ō whakaaro?

HŌRANI: Āe.

ŌWENA: He pai ki a koe?

HŌRANI: Āe.

ŌWENA: Kāti, ko Pūtuwera te ingoa. (*Ka whakaurua atu e ia
ki te Puka Ingoa.*) Bun na hAbhann—P-ū-t-u-

HŌRANI: Kei te tohunga haere koe ki tēnei mahi.

ŌWENA: Me tere ake tā tāua mahi.

HŌRANI: (*Ka tuwhera anō ōna karu.*) I tātā mai anō a
Rānahi i a au i te pō rā.

ŌWENA: Āhea tana mahi i konei mutu ai?

HŌRANI: Ā te paunga o tērā wiki whakatahi ai ngā hōia.
Ko te raru, kāore ngā mahere i oti i a rātou e tāia ki te kore
ēnei ingoa e oti noa. Nō reira ka riri ngā mea o Rānana ki
a Rānahi, me te aha, ka riri mai a Rānahi ki a au. Engari
kāore au i wehi i a ia.
(*Ka puta mai a* MĀNU *i te papa tuarua, ka heke iho mai.*)
'Kia aroha mai, e tai,' tāku kōrero, 'He rerekē anō te roa o
tēnā mahi me tēnā mahi.' E kore rawa e taea tētahi whenua

tempo. You cannot rename a whole country overnight.' Your Irish air has made me bold. (*To* MANUS.) Do you want us to leave?

MANUS: Time enough. Class won't begin for another half-hour.

YOLLAND: Sorry—sorry?

OWEN: Can't you speak English?

(MANUS *gathers the things off the clothes-line,* OWEN *returns to the map*.)

OWEN: We now come across that beach . . .

YOLLAND: Tra—that's the Irish for beach. (*To* MANUS.) I'm picking up the odd word, Manus.

MANUS: So.

OWEN: . . . on past Burnfoot; and there's nothing around here that has any name that I know of until we come down here to the south end, just about here . . . and there should be a ridge of rocks there . . . Have the sappers marked it? They have. Look, George.

YOLLAND: Where are we?

OWEN: There.

YOLLAND: I'm lost.

OWEN: Here. And the name of that ridge is Druim Dubh. Put English on that, Lieutenant.

YOLLAND: Say it again.

OWEN: Druim Dubh.

YOLLAND: Dubh means black.

OWEN: Yes.

YOLLAND: And Druim means . . . what? a fort?

OWEN: We met it yesterday in Druim Luachra.

YOLLAND: A ridge! The Black Ridge! (*To* MANUS.) You see, Manus?

katoa te whakaingoa anō i te pō kotahi.' Nā te hau takiwā
Airihi ahau i māia ai. (*Ki a* MĀNU.) Kei te hiahia koe kia
wehe mātou?

MĀNU: Kei te nui te wā. Kia haurua hāora anō, kātahi ka
tīmata te akoranga.

HŌRANI: He aha—he aha?

ŌWENA: Kāore rānei koe e pai ki te kōrero Ingarihi?
(*Ka kohi haere a* MĀNU *i ngā mea i te aho whakairi
kākahu. Ka hoki a* ŌWENA *ki te mahere.*)

ŌWENA: Kua tae tāua ki taua tuaone rā ināianei . . .

HŌRANI: Tra—koinā tā te Airihi mō te tuaone. (*Ki a*
MĀNU.). Mānu, kei te mau haere i a au ētahi kupu.

MĀNU: Kia ahatia?

ŌWENA: . . . ka hipa i a Pūtuwera; karekau he ingoa i tēnei
takiwā e mōhio ana ahau kia tae rā anō ki raro nei, ki te
taha tonga, kei tēnei takiwā nei . . . i tōna tikanga he pae
tokatoka kei konei . . . Kua waitohua e ngā hōia? Āna.
Titiro, Hōri.

HŌRANI: Kei hea rā?

ŌWENA: Arā.

HŌRANI: Kei hea?

ŌWENA: Anei. Ana, ko te ingoa o te hiwi rā, ko Druim
Dubh. Tēnā, whakaingarihitia mai tēnā, Rūtene.

HŌRANI: Kōrerotia mai anō.

ŌWENA: Druim Dubh.

HŌRANI: Ko te dubh, ko te pango.

ŌWENA: Āe.

HŌRANI: Ā, he aha te druim? He pā?

ŌWENA: I tūpono tāua ki te kupu nei inanahi i Druim
Luachra.

HŌRANI: He hiwi! Ko Te Hiwi Pango! (*Ki a* MĀNU.) Kei
te rongo mai koe, Mānu.

OWEN: We'll have you fluent at the Irish before the summer's over.

YOLLAND: Oh I wish I were.

(*To* MANUS *as he crosses to go back upstairs.*) We got a crate of oranges from Dublin today. I'll send some up to you.

MANUS: Thanks. (*To* OWEN.) Better hide that bottle. Father's just up and he'd be better without it.

OWEN: Can't you speak English before your man?

MANUS: Why?

OWEN: Out of courtesy.

MANUS: Doesn't he want to learn Irish? (*To* YOLLAND.) Don't you want to learn Irish?

YOLLAND: Sorry—sorry? I—I—

MANUS: I understand the Lanceys perfectly but people like you puzzle me.

OWEN: Manus, for God's sake!

MANUS: (*Still to* YOLLAND.) How's the work going?

YOLLAND: The work?—the work? Oh, it's—it's staggering along—I think—(*To* OWEN.)—isn't it? But we'd be lost without Roland.

MANUS: (*Leaving.*) I'm sure. But there are always the Rolands, aren't there? (*He goes upstairs and exits.*)

YOLLAND: What was that he said?—something about Lancey, was it?

OWEN: He said we should hide that bottle before Father gets his hands on it.

YOLLAND: Ah.

OWEN: He's always trying to protect him.

ŌWENA: E kore e pau te raumati, kua matatau koe ki te kōrero Airihi.

HŌRANI: Koinā tōku wawata.

(*Ki a* MĀNU, *i a ia e whakawhiti ana i te atamira kia hoki anō ki runga.*) I tae mai tētahi pouaka e kī ana i te ārani i Tapurini i te rā nei. Māku ētahi e tuku ki a koe.

MĀNU: Kia ora. (*Ki a* ŌWENA.) Me huna te pātara rā. Kātahi anō a Pāpā ka oho, ā, kia kaua e riro i a ia.

ŌWENA: Kāore rānei koe e pai ki te kōrero Ingarihi i mua i tō tāua tangata?

MĀNU: He aha ai?

ŌWENA: He whakaute i te tangata.

MĀNU: Kāore rānei ia e pīrangi ako i te reo Airihi? (*Ki a* HŌRANI.) Kāore rānei koe e pīrangi ako i te reo Airihi?

HŌRANI: He aha—he aha? Kei te—te

MĀNU: E tino mārama ana ahau ki te momo pērā i a Rānahi, engari rarerare ana aku mahara i te momo pēnā i a koe nā.

ŌWENA: Mānu, whakamutua atu!

MĀNU: (*E kōrero tonu ana ki a* HŌRANI.) Kei te pēhea te haere o te mahi?

HŌRANI: Te mahi?—te mahi? Ā,—e tīmangamanga ana te haere o te mahi—ki taku titiro—(*Ki a* ŌWENA.)—nē hā? Mei kore ake a Rōrangi.

MĀNU: (*E wehe ana.*) Kāore e kore. Engari he nui tonu te momo pērā i a Rōrangi, nē hā? (*Ka piki ia ki runga, puta atu ai.*)

HŌRANI: He aha rā tāna?—he kōrero mō Rānahi, nē?

ŌWENA: I mea ia me huna tāua i te pātara rā kei riro i a Pāpā.

HŌRANI: Aaa.

ŌWENA: He rite tonu tana whai ki te tiaki i a ia.

YOLLAND: Was he lame from birth?

OWEN: An accident when he was a baby: Father fell across his cradle. That's why Manus feels so responsible for him.

YOLLAND: Why doesn't he marry?

OWEN: Can't afford to, I suppose.

YOLLAND: Hasn't he a salary?

OWEN: What salary? All he gets is the odd shilling Father throws him—and that's seldom enough. I got out in time, didn't I?

(YOLLAND *is pouring a drink*.)

Easy with that stuff—it'll hit you suddenly.

YOLLAND: I like it.

OWEN: Let's get back to the job. Druim Dubh—what's it called in the jury lists? (*Consults texts*.)

YOLLAND: Some people here resent us.

OWEN: Dramduff—wrong as usual.

YOLLAND: I was passing a little girl yesterday and she spat at me.

OWEN: And it's Drimdoo here. What's it called in the registry?

YOLLAND: Do you know the Donnelly twins?

OWEN: Who?

YOLLAND: The Donnelly twins.

OWEN: Yes. Best fishermen about here. What about them?

YOLLAND: Lancey's looking for them.

OWEN: What for?

YOLLAND: He wants them for questioning.

OWEN: Probably stolen somebody's nets. Dramduffy! Nobody ever called it Dramduffy. Take your pick of those three.

YOLLAND: My head's addled. Let's take a rest. Do you want a drink?

HŌRANI: I whānau hauā mai ia?

ŌWENA: He aituā, nōna e pēpi ana: I hinga a Pāpā ki runga i tōna pouraka. Koirā te take e tiaki nei a Mānu i a ia.

HŌRANI: He aha ia e kore ai e mārena?

ŌWENA: Kāore i te nui te moni, te āhua nei.

YOLLAND: Kāore ia e whiwhi i te utu ā-tau?

ŌWENA: Utu ā-tau? Heoi anō tāna e whiwhi ai, ko ngā toenga herengi ka makaia e Pāpā ki a ia—ā, me uaua hoki ka pērā. I tika te wā o taku wehenga atu i konei, nē hā? (*E riringi ana a* HŌRANI *i tētahi inu.*) Kia māmā, e hoa—mea rawa ake kei raro koe e putu ana.

HŌRANI: He pai ki a au.

ŌWENA: Kia hoki tāua ki te mahi. Druim Dubh—He aha kei te rārangi hunga whakawā? (*Ka titiro ia ki ngā tuhinga.*)

HŌRANI: Arā ētahi o konei e takarita mai ana ki a mātou.

ŌWENA: Taramutuwhe—kua hē anō.

HŌRANI: I te hipa ahau i tētahi kōtiro poniponi inanahi rā, ā, ka tuwha mai ia ki a au.

ŌWENA: Kei konei e mea ana ko Tirumutū. He aha rā kei te rārangi ingoa?

HŌRANI: Kei te mōhio koe ki ngā māhanga Tōnore?

ŌWNEA: Ki a wai?

HŌRANI: Ngā māhanga Tōnore.

ŌWENA: Āe. Mō te hī ika i konei, kāore i kō atu i a rāua. He aha rā?

HŌRANI: E kimi ana a Rānahi i a rāua.

ŌWENA: Hei aha?

HŌRANI: Kei te pīrangi patapatai ia i a rāua.

ŌWENA: Kāore e kore, kua tāhaetia ngā kupenga a tētahi. Taramutawhi! Kāore i karangahia ko Taramutawhi e wai rā. Māu e kōwhiri tētahi o aua mea e toru.

HŌRANI: Kua ānini taku māhunga. Kia whakatā tāua. He inu māu?

95

OWEN: Thanks. Now, every Dubh we've come across we've changed to Duff. So if we're to be consistent, I suppose Druim Dubh has to become Dromduff.
(YOLLAND *is now looking out the window.*)
You can see the end of the ridge from where you're standing. But D-r-u-m or D-r-o-m? (*Name-Book.*) Do you remember—which did we agree on for Druim Luachra?

YOLLAND: That house immediately above where we're camped—

OWEN: Mm?

YOLLAND: The house where Maire lives.

OWEN: Maire? Oh, Maire Chatach.

YOLLAND: What does that mean?

OWEN: Curly-haired; the whole family are called the Catachs. What about it?

YOLLAND: I hear music coming from that house almost every night.

OWEN: Why don't you drop in?

YOLLAND: Could I?

OWEN: Why not? We used D-r-o-m then. So we've got to call it D-r-o-m-d-u-f-f—alright ?

YOLLAND: Go back up to where the new school is being built and just say the names again for me, would you?

OWEN: That's a good idea. Poolkerry, Ballybeg—

YOLLAND: No, no; as they still are—in your own language.

OWEN: Poll na gCaorach,
(YOLLAND *repeats the names silently after him.*)
Baile Beag, Ceann Balor, Lis Maol, Machaire Buidhe,

ŌWENA: Āna. Nā, ko ngā Dubh katoa kua tūpono nei
tāua i hurihia ki a Tuwhe. Nō reira, ina tapatahi tonu
te karawhiu, ko te āhua nei me huri a Druim Dubh ki a
Toromutuwhe.
(*E titiro ana a* HŌRANI *ki waho o te matapihi ināianei.*)
Ka kite koe i te pito o te pae i te wāhi e tū nā koe. Engari
ko T-u-r-u-m-u, ko T-o-r-o-m-u rānei? (*Ka titiro ia ki te
Puka Ingoa.*) E maumahara ana koe—ko tēhea tā tāua i
whakatau ai mō Druim Luachra?

HŌRANI: Ko te whare rā kei runga tonu ake i te wāhi e
hopuni nei mātou—

ŌWENA: Mm?

HŌRANI: Ko te whare e noho ai a Moera.

ŌWENA: Moera? Aa, Moera Māwhatu.

HŌRANI: He aha te tikanga o tēnā?

ŌWENA: He mingimingi ngā makawe; karangahia ai te
whānau katoa ko ngā Māwhatu. He aha rā?

HŌRANI: He rite tonu taku rongo i te puoro e tangi mai ana
i taua whare rā i ngā pō.

ŌWENA: Me peka atu koe.

HŌRANI: E pai ana?

ŌWENA: He aha i kore ai? I whakamahi tāua i te T-o-r-o-
m-u i tērā wā. Nō reira, me karanga ko T-o-r-o-m-u-t-u-w-
h-e—ka pai?

HŌRANI: Tēnā, e hoki ki te wāhi e hangaia mai ana i reira
te kura hou, ka kōrero anō ai i ngā ingoa, nē?

ŌWENA: He whakaaro pai tēnā. Ko Purukēri, ko Parepēke—

HŌRANI: Kāo, kāo; ko ngā ingoa tika—i tō ake reo.

ŌWENA: Ko Poll na gCaorach,
(*Ka toai mōhū a* HŌRANI *i ngā ingoa e whakahuatia ana e*
ŌWENA.)
Ko Baile Beag, ko Ceann Balor, ko Lis Maol, ko Machaire
Buidhe, ko Baile na gGall, ko Carraig na Ri, ko Mullach

Baile na gGall, Carraig na Ri, Mullach Dearg—

YOLLAND: Do you think I could live here?

OWEN: What are you talking about?

YOLLAND: Settle down here—live here.

OWEN: Come on, George.

YOLLAND: I mean it.

OWEN: Live on what? Potatoes? Buttermilk?

YOLLAND: It's really heavenly.

OWEN: For God's sake! The first hot summer in fifty years and you think it's Eden. Don't be such a bloody romantic. You wouldn't survive a mild winter here.

YOLLAND: Do you think not? Maybe you're right.

(DOALTY *enters in a rush.*)

DOALTY: Hi, boys, is Manus about?

OWEN: He's upstairs. Give him a shout.

DOALTY: Manus!

The cattle's going mad in that heat—Cripes, running wild all over the place.

(*To* YOLLAND.) How are you doing, skipper?

(MANUS *appears.*)

YOLLAND: Thank you for—I—I'm very grateful to you for—

DOALTY: Wasting your time. I don't know a word you're saying. Hi, Manus, there's two bucks down the road there asking for you.

MANUS: (*Descending.*) Who are they?

DOALTY: Never clapped eyes on them. They want to talk to you.

MANUS: What about?

DOALTY: They wouldn't say. Come on. The bloody beasts'll end up in Loch an Iubhair if they're not capped. Good luck, boys!

Dearg—

HŌRANI: Ki ō whakaaro, ka pai taku noho i konei?

ŌWENA: He aha tāu e mea nā?

HŌRANI: Ka noho au—ki konei.

ŌWENA: Kāti tēnā, Hōri.

HŌRANI: He pono.

ŌWENA: Ka ora koe i te aha? I te rīwai? I te mirakapata?

HŌRANI: He whenua taurikura.

ŌWENA: Kātahi rā hoki! Ko te raumati tuatahi e wera nei
   ngā rā i roto i ngā tau e rima tekau, ā, kua mahara ake koe
   he whenua houkura tēnei. Kei noho koe ka pōhēhē. E kore
   koe e ora i te hōtoke hātai noa iho nei i konei nā.

HŌRANI: I nē? Kei te tika pea koe.

   (*Ka tomo kaikā mai a* TOATI.)

TAOTI: Kia ora, e tama mā, kei konei a Mānu?

ŌWENA: Kei runga ia. Karangahia atu.

TAOTI: Mānu!
   Kei te pōrangi haere ngā kau i te kaha o te wera—E hika, e
   omaoma ana ki wīwī, ki wāwā.
   (*Ki a* HŌRANI.) Kei te pēhea rā koe, e te kāpene?
   (*Ka puta mai a* MĀNU.)

HŌRANI: Tēnā koe—Ka—ka nui taku mihi ki a koe i tō—

TOATI: Moumou wā. Tē aro i a au tētahi kupu kotahi e
   makere mai ana i tō waha. E, Mānu, tokorua ngā tāhae kei
   te rori, kei raro ake nei e tono ana i a koe.

MĀNU: (*E heke iho ana.*) Ko wai mā rāua?

TOATI: Kāore anō au kia kite i a rāua. Kei te hiahia kōrero
   rāua ki a koe.

MĀNU: Mō te aha?

TOATI: Kāore rāua i kī mai. Kia tere. Ka tae ngā pūrari kau
   nei ki Loch an Iubhair ki te kore e aukatihia atu. Kia kaha
   rā, e tama mā!

(DOALTY *rushes off.* MANUS *follows him.*)

OWEN: Good luck! What were you thanking Doalty for?

YOLLAND: I was washing outside my tent this morning and he was passing with a scythe across his shoulder and he came up to me and pointed to the long grass and then cut a pathway round my tent and from the tent down to the road—so that my feet won't get wet with the dew. Wasn't that kind of him? And I have no words to thank him . . . I suppose you're right: I suppose I couldn't live here . . . Just before Doalty came up to me this morning, I was thinking that at that moment I might have been in Bombay instead of Bally beg.

You see, my father was at his wits end with me and finally he got me a job with the East India Company—some kind of a clerkship. This was ten, eleven months ago. So I set off for London. Unfortunately I—I—I missed the boat. Literally. And since I couldn't face Father and hadn't enough money to hang about until the next sailing, I joined the Army. And they stuck me into the Engineers and posted me to Dublin. And Dublin sent me here. And while I was washing this morning and looking across the Tra Bhan, I was thinking how very, very lucky I am to be here and not in Bombay.

OWEN: Do you believe in fate?

YOLLAND: Lancey's so like my father. I was watching him last night. He met every group of sappers as they reported in. He checked the field kitchens. He examined

(*Ka rere atu a* TOATI. *E whai atu ana a* MĀNU.)

ŌWENA: Kia kaha! He aha koe e mihi ai ki a Toati?

HŌRANI: I te horoi ahau i waho i taku tēneti i te ata nei, ā,
ka hipa mai ia, i runga i tōna pokohiwi tētahi haira. Ka
haere mai ia ki a au, ka tohu ai ki ngā pātītī roroa kātahi
ia ka kotikoti i tētahi ara, huri noa i tōku tēneti, ā, atu i
te tēneti ki te rori—kia kore ai ōku waewae e mākū i te
tōmairangi. Tōna tūpore hoki rā, nē? Ā, kāore aku kupu
hei mihi ki a ia . . . He tika pea tāu: E kore pea e tika taku
noho i konei . . . I mua tonu i tā Toati haere mai ki a au i te
ata nei, i te whakaaro ahau i taua wā tonu rā, ākuanei pea i
Pomapē kē ahau e noho ana, kaua i Parepēke.

Kia mōhio koe, kāore tōku pāpā i paku mōhio me aha
ahau, ā, nāna i whai mahi ai au i te Kamupene Īnia ki
te Rāwhiti—hei momo kaimahi. Tekau, tekau mā tahi
marama tēnei ki muri nei. Nō reira, i whakatika ahau ki
te haere ki Rānana. Ko te mate, i—i—i mahue ahau i te
poti. Tūturu. Nā, i te mataku ōku ki te kōrero ki a Pāpā,
i te iti rawa hoki o te moni i a au kia tatari tonu i te poti
e whai mai ana, ka uru ahau ki te ope hōia. Nā, ka tukua
ahau ki te taha o ngā Kaipūkaha, kātahi ka tukua ahau
ki Tapurini. Atu i Tapurini ki konei. Nā, i a au e horoi
ana i te ata nei, e titiro ana ki waho ki te Tra Bhan, i te
whakaaro ahau ki tōku anō tino waimarie e noho nei au i
konei, kaua i Pomapē.

ŌWENA: E whakapono ana koe kua oti kē ngā mea katoa te
whakarite?

HŌRANI: Mei kore ake tōku pāpā i a Rānahi. I te mātaki
ahau i a ia inapō. I tūtaki ia ki ia rōpū hōia i a rātou ka
hokihoki mai. I tirotiro ia i ngā kāuta kei ngā whīra. I
mātai ia i ngā hōia. I tirotiro hoki ia i ia pūrongo—tae
atu ki te kakano o te pepa me te kōrero mō te nahanaha
o te tuhi ā-ringa. Ko ia te tauira o te pononga a te

101

the horses. He inspected every single report—even examining the texture of the paper and commenting on the neatness of the handwriting. The perfect colonial servant: not only must the job be done—it must be done with excellence. Father has that drive, too; that dedication; that indefatigable energy. He builds roads—hopping from one end of the Empire to the other. Can't sit still for five minutes. He says himself the longest time he ever sat still was the night before Waterloo when they were waiting for Wellington to make up his mind to attack.

OWEN: What age is he?

YOLLAND: Born in 1789—the very day the Bastille fell. I've often thought maybe that gave his whole life its character. Do you think it could? He inherited a new world the day he was born—the Year One. Ancient time was at an end. The world had cast off its old skin.

There were no longer any frontiers to man's potential. Possibilities were endless and exciting. He still believes that. The Apocalypse is just about to happen . . . I'm afraid I'm a great disappointment to him. I've neither his energy, nor his coherence, nor his belief.

Do I believe in fate? The day I arrived in Ballybeg,—no, Baile Beag—the moment you brought me in here, I had a curious sensation. It's difficult to describe. It was a momentary sense of discovery; no—not quite a sense of discovery—a sense of recognition, of confirmation of something I half knew instinctively; as if I had stepped . . .

OWEN: Back into ancient time?

kāwanatanga; kia kaua te mahi e oti noa—engari me oti i runga i te kairangi. He pērā anō te tohe me te ngākau titikaha o Pāpā; ko taua korou anō e kore nei e pau. Ko tāna he hanga rori—haere ai ia i tētahi moka ki tētahi moka o te Emepaea. Kāore e pau te rima meneti e noho noa iho ana. Nāna anō i kī mai ko te wā i roa katoa tana noho tau, ko te pō i mua i te pakanga i Wātaru, i a rātou e tatari ana kia oti ngā whakatau a Werengitanga mō te whakaeke.

ŌWENA: E hia tōna kaumātua?

HŌRANI: I whānau mai ia i te tau 1789—i te rā i horo ai a Pātīra. He rite tonu taku whakaaro ake, ākuanei pea nā tērā i whaikiko ai tōna ao. He pēhea ō whakaaro? I puta mai ia ki tētahi ao hou i tōna whānautanga mai—ko te Tau Tuatahi rā. Kua mutu ngā rā o te ao kōhatu. Kua tīhore atu te ao i tōna kiri o mua. Kua kore he rohenga o te pitomata o te tangata. Kāore he rohenga o ngā āheinga, ā, hiamo ana tērā. E whakapono tonu ana ia ki tērā. Ā kō ake nei puta mai ai te Whakakitenga . . . e pōuri ana ahau kua tino matekiri ia i a au. Kāore e rite tōku kaha ki tōna, kāore rānei e rite te tika o ōku whakaaro ki ōna, tōku whakapono rānei ki tōna. E whakapono ana ahau kua oti kē ngā mea katoa te whakarite? Nō te rā i tae ai au ki Parepēke,—kāo, ki Baile Beag—nō te rangi i heri mai ai koe i a au ki konei, i pā mai te pākiki. He uaua te whakamārama atu. I taua wā tonu, i tau mai te māramatanga mōku anō; kāo—ehara i te māramatanga mōku anō—i tau mai te āhukahukatanga, he whakaū i tērā i āhua mōhio ā-puku ahau; ānō nei i hoki ahau . . .

ŌWENA: Ki ngā rā o tuawhakarere?

YOLLAND: No, no. It wasn't an awareness of *direction* being changed but of experience being of a totally different order. I had moved into a consciousness that wasn't striving nor agitated, but at its ease and with its own conviction and assurance. And when I heard Jimmy Jack and your father swopping stories about Apollo and Cuchulainn and Paris and Ferdia—as if they lived down the road—it was then that I thought—I knew—perhaps I could live here . . . (*Now embarrassed.*) Where's the pot-een?

OWEN: Poteen.

YOLLAND: Poteen—poteen—poteen. Even if I did speak Irish I'd always be an outsider here, wouldn't I? I may learn the password but the language of the tribe will always elude me, won't it? The private core will always be . . . hermetic, won't it?

OWEN: You can learn to decode us.

(HUGH *emerges from upstairs and descends. He is dressed for the road. Today he is physically and mentally jaunty and alert—almost self-consciously jaunty and alert. Indeed, as the scene progresses, one has the sense that he is deliberately parodying himself.*

The moment HUGH *gets to the bottom of the steps* YOLLAND *leaps respectfully to his feet.*)

HUGH: (*As he descends.*)

Quantumvis cursum longum fessumque moratur
Sol, sacro tandem carmine vesper adest.

I dabble in verse, Lieutenant, after the style of Ovid. (*To* OWEN.) A drop of that to fortify me.

YOLLAND: You'll have to translate it for me.

HUGH: Let's see—

HŌRANI: Kāo, kāo. Ehara i te aroā ki te *ahunga* e panonihia ana, engari ki te rerekē mārika o te raupapa o ngā wheako. Ko taku hinengaro, kāore i te nanaiore, kāore rānei i te hīrangi, engari kua tau, kua noho pātea, kua noho māhorahora. Kia rongo aku taringa i a Timi rāua ko Haki e whakawhitiwhiti kōrero ana mō Āporo rāua ko Kukureina me Pārihi me Whiunara— ānō nei he kiritata nōku—toko tonu ake te whakaaro i roto—ākuanei pea he kāinga tēnei mōku . . . (*Kua whakamā ināianei.*) Kei hea rā te waik-ōhua?

ŌWENA: Waikōhua.

HŌRANI: Waikōhua—waikōhua—waikōhua. Ahakoa me i mōhio ahau ki te kōrero Airihi, he rāwaho tonu ahau i konei, nē? Ka mau pea i a au ngā kupu, engari e kore e aro i a au te reo o te iwi, nē hā? Ka tiakina tonutia te . . . te iho tapu, nē?

ŌWENA: Ka ako koe koe ki te wewete i tō mātou reo.
(*Ka puta mai a HŪ i runga, ka heke iho mai. E mau ana ōna kākahu mō te puta ki waho. I te rā nei, e koakoa ana, e hikohiko ana hoki tōna tinana me tōna hinengaro, ānō nei nāna anō ia i āki kia pērā. I te roanga o tēnei wāhanga, ka rongo pea te tangata e āta whakatau ana ia i a ia anō. Whakatika tonu atu a HŌRANI i te hekenga mai o HŪ i ngā arapiki ki te papa.*)

HŪ: (*I a ia e heke iho ana.*)
Quantumvis cursum longum fessumque moratur
Sol, sacro tandem carmine vesper adest.
He raweke kupu tāku, Rūtene, e whai ana i te tauira a Auwhiti.
(*Ki a* ŌWENA.) Ki a au tētahi paku inu o tēnā nā hei whakauka mai i a au.

HŌRANI: Me whakamāori e koe kia mārama ai au.

HŪ: Tēnā—

105

No matter how long the sun may linger on his long and weary journey

At length evening comes with its sacred song.

YOLLAND: Very nice, sir.

HUGH: English succeeds in making it sound . . . plebeian.

OWEN: Where are you off to, Father?

HUGH: An *expeditio* with three purposes. Purpose A: to acquire a testimonial from our parish priest—(*To* YOLLAND.) a worthy man but barely literate; and since he'll ask me to write it myself, how in all modesty can I do myself justice?

(*To* OWEN.) Where did this (*Drink.*) come from?

OWEN: Anna na mBreag's.

HUGH: (*To* YOLLAND.) In that case address yourself to it with circumspection.

(*And* HUGH *instantly tosses the drink back in one gulp and grimaces.*)

Aaaaaaagh!

(*Holds out his glass for a refill.*)

Anna na mBreag means Anna of the Lies. And Purpose B: to talk to the builders of the new school about the kind of living accommodation I will require there. I have lived too long like a journeyman tailor.

YOLLAND: Some years ago we lived fairly close to a poet—well, about three miles away.

HUGH: His name?

YOLLAND: Wordsworth—William Wordsworth.

HUGH: Did he speak of me to you?

YOLLAND: Actually I never talked to him. I just saw him out walking—in the distance.

HUGH: Wordsworth? . . . no. I'm afraid we're not familiar with your literature, Lieutenant. We feel closer to the warm

Ahakoa pēhea nei te roa o tā te rā tonanawe i tōna rerenga roa, i tōna rerenga takeo hoki

Nāwai rā, ka tau mai te maruahiahi me tana korihi tapu.

HŌRANI: Tau ana, e pā.

HŪ: Nā te reo Ingarihi i . . . kupu tautauhea mai ai te āhua.

ŌWENA: E haere ana koe ki whea, Pāpā?

HŪ: He *expeditio* tōku, e toru nei ngā take. Ko te take tuatahi, kia mau i a au tētahi kupu tautoko mai nā te pirihi i tō tātou pāriha—(*Ki a* HŌRANI.) he tangata tōtika, engari waimarie ana tana mōhio ki te tuhi me te pānui, ā, nā te mea ka tono mai ia māku anō e tuhi, me pēhea rā e tika ai i a au ngā kōrero mōku anō i runga i te ngākau whakaiti?

(*Ki a* ŌWENA.) Nō hea rā tēnei (Inu.)?

ŌWENA: Nō tō Ani Horihori.

HŪ: (Ki a HŌRANI.) Kāti, kia āta inu koe.

(*Horomi tonu atu a* HŪ *i te inu, kotahi te horomitanga, ā, ka whāitaita te kanohi.*)

Aaaaaaaaa!

(*Ka hoatu e ia tana karaehe kia whakakīia anō.*)

Ko te aronga o Ani Horihori ko Ani i Rūkahu. Nā, ko te take tuarua, ko te kōrero ki ngā kaihanga i te kura hou mō te āhua o tōku wāhi noho i reira. Kua roa rawa taku noho hei kaimahi mā tētahi atu.

HŌRANI: I ngā tau o mua, i noho tata mātou ki tētahi kaitito toikupu—heoi anō, i toru māero pea te matara.

HŪ: Ko wai tōna ingoa?

HŌRANI: Wātawōta—Wīremu Wātawōta.

HŪ: I kōrero rānei ia mōku ki a koe?

HŌRANI: Kāore kē au i kōrero ki a ia. I kite noa iho i a ia e hīkoi ana—i tawhiti.

HŪ: Wātawōta? . . . kāo. Kāore mātou e mōhio ana ki ō mātātuhi, Rūtene. He tata ake ki a mātou te mahana o te

Mediterranean. We tend to overlook your island.

YOLLAND: I'm learning to speak Irish, sir.

HUGH: Good.

YOLLAND: Roland's teaching me.

HUGH: Splendid.

YOLLAND: I mean—I feel so cut off from the people here. And I was trying to explain a few minutes ago how remarkable a community this is. To meet people like yourself and Jimmy Jack who actually converse in Greek and Latin. And your place names—what was the one we came across this morning?—Termon, from Terminus, the god of boundaries. It—it—it's really astonishing.

HUGH: We like to think we endure around truths immemorially posited.

YOLLAND: And your Gaelic literature—you're a poet yourself—

HUGH: Only in Latin, I'm afraid.

YOLLAND: I understand it's enormously rich and ornate.

HUGH: Indeed, Lieutenant. A rich language. A rich literature. You'll find, sir, that certain cultures expend on their vocabularies and syntax acquisitive energies and ostentations entirely lacking in their material lives. I suppose you could call us a spiritual people.

OWEN: (*Not unkindly; more out of embarrassment before* YOLLAND.) Will you stop that nonsense, Father.

HUGH: Nonsense? What nonsense?

OWEN: Do you know where the priest lives?

HUGH: At Lis na Muc, over near . . .

OWEN: No, he doesn't. Lis na Muc, the Fort of the Pigs, has

Metitareniana. He rite tonu tā mātou titiro ki tua atu o tō motu.

HŌRANI: E pā, e ako ana ahau ki te kōrero Airihi.

HŪ: Ka pai.

HŌRANI: E whakaako mai ana a Rōrangi i a au.

HŪ: Kia pai hoki.

HŌRANI: Nā—Ki a au, e motu ana taku hono ki ngā tāngata o konei, ā, i te whai au inakuanei ki te whakamārama i te pai whakahirahira o tēnei hapori, arā, kua tūtaki atu ki ngā tāngata pēnā i a kōrua nā ko Timi Tiaki e kōrerorero ana i te reo Kariki me te reo Rātini. Waihoki, ko ō koutou ingoa wāhi—ko hea te mea i tūpono rā tāua i te ata nei?—Teramana, i ahu mai i Teraminihi, i te atua o ngā rohenga. Whakamīharo ana tērā.

HŪ: Ki a mātou, ko te tūāpapa o tō mātou ao, ko ngā kōrero pono i takoto i te orokohanga rā anō.

HŌRANI: Waihoki, ko ā koutou mātātuhi Airihi—he kaitito toikupu hoki koe—

HŪ: Engari, i te reo Rātini anahe.

HŌRANI: Ki taku rongo, he reo tōnui, he reo whakaniko.

HŪ: Koia, Rūtene. He reo tōnui. He mātātuhi tōnui hoki. Ka kite koe, e tai, arā ētehi ahurea ka whakapau riaka i runga anō i te wairua hao ki ā rātou kete kupu me ā rātou tātaikupu, engari korekore ana he paku aha i te ringa. Ka kīia mai pea mātou e koe he iwi wairua.

ŌWENA: (*Kāore e āhuaatua ana, engari e āhua whakamā ana i a mua i a* HŌRANI.) Whakamutua atu ēnā kōrero nenekara, Pāpā.

HŪ: Nenekara? Ēhea kōrero nenekara?

ŌWENA: E mōhio ana koe kei hea te pirihi e noho ana?

HŪ: Kei Lis na Muc, e tata ana ki . . .

ŌWENA: Kāo, kāore ia e noho ana i reira. Kua hurihia a Lis na Muc, arā Te Pā o Te Poaka, ko Pāpoaka.

become Swinefort. (*Now turning the pages of the Name-Book—a page per name.*) And to get to Swinefort you pass through Greencastle and Fair Head and Strandhill and Gort and Whiteplains. And the new school isn't at Poll na gCaorach—it's at Sheepsrock. Will you be able to find your way?

(HUGH *pours himself another drink. Then.*)

HUGH: Yes, it is a rich language, Lieutenant, full of the mythologies of fantasy and hope and self-deception—a syntax opulent with tomorrows. It is our response to mud cabins and a diet of potatoes; our only method of replying to . . . inevitabilities.

(*To* OWEN.) Can you give me the loan of half-a-crown? I'll repay you out of the subscriptions I'm collecting for the publication of my new book. (*To* YOLLAND.) It is entitled: 'The Pentaglot Preceptor or Elementary Institute of the English, Greek, Hebrew, Latin and Irish Languages; Particularly Calculated for the Instruction of Such Ladies and Gentlemen as may Wish to Learn without the Help of a Master'.

YOLLAND: (*Laughs.*) That's a wonderful title!

HUGH: Between ourselves—the best part of the enterprise. Nor do I, in fact, speak Hebrew. And that last phrase— 'without the Help of a Master'—that was written before the new national school was thrust upon me—do you think I ought to drop it now? After all you don't dispose of the cow just because it has produced a magnificent calf, do you?

YOLLAND: You certainly do not.

HUGH: The phrase goes. And I'm interrupting work of moment. (*He goes to the door and stops there.*)

(*E wherawhera ana i ngā whārangi o te Puka Ingoa—he ingoa kei ia whārangi.*) Waihoki, e tae ai koe ki Pāpoaka me hipa koe i Pākarera me Kūraetaioma, me Pukeākau, me Kōti, me Māniatea. Ā, kāore te kura hou i Poll na gCaorach—kei Te Ruahipi kē. Ka pai rānei tō haere atu ki reira?

(*Ka riringi a* HŪ *i tētahi inu anō māna.*)

HŪ: Āe, he reo nui whakahirahira, Rūtene, e kī poha ana i te pūrākau pōhewa, i ngā tūmanako me ngā māminga i a koe anō—he rite te nui o ngā tātaikupu ki te nui o ngā āpōpō. I puta ake hoki te reo nei i ngā wharau i hangaia ai ki te paru me te kai rīwai; koinei anahe te huarahi e puta ai mātou . . . i ngā heipūtanga e kore e taea te karo.
(*Ki a* ŌWENA.) Tēnā, kia mino au i te rua herengi me te hikipene i a koe? Māku e whakahoki ki a koe i ngā moni e kohia ana mō te tānga o taku pukapuka hou. (*Ki a* HŌRANI.) Ko te ingoa: ko 'Te Pūkenga Puka Reorima, tēnā ko tēnei rānei, ko Te Tūāpapa o te Reo Ingarihi, Kariki, Hīperu, Rātini, Airihi hoki; He Mea āta Tātai hei Whakaako i ngā Wāhine me ngā Tāne e Pīrangi ana ki te Ako i te korenga o te Āwhina mai a tētahi Māhita'.

HŌRANI: (*Kua kata.*) Kātahi nā te ingoa ko tēnā!

HŪ: Ki waenganui noa iho i a tāua—ko te tino tērā o te kaupapa katoa. Kia mōhio koe, kāore au e kōrero Hīperu. Waihoki, ko te kīanga whakamutunga rā—'i te Korenga o te Āwhina mai a tētahi Māhita'—he mea tuhi tērā i mua i taku whakaae ki te mahi i te kura ā-motu hou—ki ō whakaaro, me muku tērā ināianei? E mea noa ana au, e kore koe e porowhiu i te kau i te mea rā i whānau mai tētahi kāwhe pai, nē hā?

HŌRANI: Korekore rawa.

HŪ: Ka muku au i te kīanga rā. Heoi anō, e haukoti ana ahau i te mahi o te wā. (*Ka haere atu ia ki te kūaha, tū mai ai.*)

111

To return briefly to that other matter, Lieutenant. I understand your sense of exclusion, of being cut off from a life here; and I trust you will find access to us with my son's help. But remember that words are signals, counters. They are not immortal. And it can happen—to use an image you'll understand—it can happen that a civilisation can be imprisoned in a linguistic contour which no longer matches the landscape of . . . fact.

Gentlemen. (*He leaves.*)

OWEN: 'An *expeditio* with three purposes': the children laugh at him: he always promises three points and he never gets beyond A and B.

YOLLAND: He's an astute man.

OWEN: He's bloody pompous.

YOLLAND: But so astute.

OWEN: And he drinks too much. Is it astute not to be able to adjust for survival? Enduring around truths immemorially posited—hah!

YOLLAND: He knows what's happening.

OWEN: What is happening?

YOLLAND: I'm not sure. But I'm concerned about my part in it. It's an eviction of sorts.

OWEN: We're making a six-inch map of the country. Is there something sinister in that?

YOLLAND: Not in . . .

OWEN: And we're taking place-names that are riddled with confusion and . . .

YOLLAND: Who's confused? Are the people confused?

OWEN: . . . and we're standardising those names as accurately and as sensitively as we can.

YOLLAND: Something is being eroded.

Kia hoki whakapoto ahau ki tērā atu take, Rūtene. E
mārama ana ahau ki tō whakaaro mō te aukatinga ōu, mō
te aukatinga ōu i te ao o konei, ā, e whakapono ana ahau
ka kitea e koe he huarahi e pā mai ai koe ki a mātou mā
te āwhina a taku tamaiti. Engari kia mahara koe, he tohu
kei ngā kupu. Kāore hoki e ora mō āke tonu. Waihoki—
kia tiki au i tētahi whakarite ka mau i a koe—ka tūpono
mauherehia pea tētahi iwi ki tētahi rohenga reo kua kore
nei e hāngai ki te takoto o te whenua . . . o tō rātou ao.
Tēnā, e tai mā. (*Ka wehe ia*.)

ŌWENA: 'He *expeditio*, e toru nei ngā take': kataina ai ia e
ngā tamariki: he rite tonu tana kī taurangi mai e toru ngā
take, ā, e kore ia e tae ki tua atu i te tuatahi me te tuarua.

HŌRANI: He tangata koi ia.

ŌWENA: He whakahīhī kē.

HŌRANI: Engari he koi tonu.

ŌWENA: He kaha rawa hoki tana inu waipiro. He koi rānei
te kore i āhei ki te huri e ora tonu ai koe? Ko te tūāpapa
o tōna ao, ko ngā kōrero pono i takoto i te orokohanga rā
anō—ha!

HŌRANI: E mōhio ana ia he aha te aha.

ŌWENA: He aha te aha?

HŌRANI: Kāore au e tino mōhio ana. Engari e māharahara
ana ahau ki te wāhi ki a au. He momo pana tangata.

ŌWENA: E hanga ana tāua i tētahi mahere o te motu, e ono
īnihi te roa. He aha oti te hē o tēnā?

HŌRANI: Kāore he hē o te . . .

ŌWENA: Ā, e whai ana tāua i ngā ingoa wāhi e
whakarangirua ana i te . . .

HŌRANI: I a wai? E rangirua ana te iwi?

ŌWENA: . . . ā, e whakaōrite ana tāua i aua ingoa rā i runga i
te tika me te ngākau māhaki.

HŌRANI: E memeha haere ana tētahi mea.

OWEN: Back to the romance again. Alright! Fine! Fine! Look where we've got to. (*He drops on his hands and knees and stabs a finger at the map.*) We've come to this crossroads. Come here and look at it, man! Look at it! And we call that crossroads Tobair Vree. And why do we call it Tobair Vree? I'll tell you why. Tobair means a well. But what does Vree mean? It's a corruption of Brian—(*Gaelic pronunciation.*) Brian—an erosion of Tobair Bhriain. Because a hundred-and-fifty years ago there used to be a well there, not at the crossroads, mind you—that would be too simple—but in a field close to the crossroads. And an old man called Brian, whose face was disfigured by an enormous growth, got it into his head that the water in that well was blessed; and every day for seven months he went there and bathed his face in it. But the growth didn't go away; and one morning Brian was found drowned in that well. And ever since that crossroads is known as Tobair Vree—even though that well has long since dried up. I know the story because my grandfather told it to me. But ask Doalty—or Maire—or Bridget—even my father—even Manus—why it's called Tobair Vree; and do you think they'll know? I know they don't know. So the question I put to you, Lieutenant, is this: What do we do with a name like that? Do we scrap Tobair Vree altogether and call it—what?—The Cross? Crossroads? Or do we keep piety with a man long dead, long forgotten, his name 'eroded' beyond recognition, whose trivial little story nobody in the parish remembers?

ŌWENA: Hoki atu, hoki atu, ko aua kōrero pōhewa anō
rā. Kāti! E pai ana! E pai ana! Titiro ki te wāhi kua tae
nei tāua. (*Ka tūturi iho, ko ōna ringa kei te papa, kātahi
ka tohu tana matimati ki te mahere.*) Kua tae tāua ki tēnei
ara rīpeka. Haere mai, tirohia, e hoa! Tirohia! Karangahia
ai taua ara rīpeka e mātou, ko Tobair Vree. Nā, he aha
e karangahia nei e mātou, ko Tobair Vree? Māku koe e
kōrero. He puna te tobair. Engari he aha te tikanga o te
Vree? Ko te kōhurutanga tēnā o Paraina—(*E whakahuatia
ana ki te reo Airihi.*) Paraina—ko te memehatanga tēnā o
Tobair Bhriain. I te mea rā i reira tētahi puna, kotahi rau, e
rima tekau tau i mua, kaua i te ara rīpeka, kāo—he māmā
rawa tēnā—engari i te pārae e tata ana ki te ara rīpeka.
Nā, arā tētahi koroheke, ko Paraina te ingoa, kua kōrori te
kanohi i tētahi ngene nui. Ka mau te whakaaro i roto i tana
hinengaro, ko te wai kei te puna rā, he wai whakaora, ā, i ia
rā, i ia rā mō ngā marama e whitu ka haere atu ia ki reira,
horoi ai i tana kanohi ki te wai rā. Engari kāore i ngaro atu
te ngene rā, ā, ka taka i tētahi ata ka kitea a Paraina kua
toremi i te puna rā. Ā mohoa nei, ka mōhiotia te ara rīpeka
rā, ko Tobair Vree—ahakoa kua mimiti noa atu te puna rā.
E mōhio ana ahau ki te kōrero nei i te mea nā taku koroua
i kōrero mai. Engari pātaitia a Toati, a Moera, a Pirita, taku
pāpā rānei, a Mānu rānei, he aha i karangahia ai ko Tobair
Vree; ka mōhio rānei rātou? Māku e kī atu, kāore rātou e
mōhio. Nō reira, ko taku pātai ki a koe, Rūtene, ko tēnei
nā: Me aha e tāua tētahi ingoa pērā? Me whakakore tonu
atu te ingoa nei o Tobair Vree, ka karangahia ai ko—ko
hea?—ko Te Rīpeka? ko Te Ara Rīpeka? Me pono tonu
rānei ki tētahi tangata kua mate noa atu, kua wareware noa
atu, kua pērā rawa te kaha o te 'memehatanga' o tōna ingoa,
kua kore e mōhiotia, kua kore hoki e maumaharatia te
kōrero hangahanga noa iho nei mōna e tētahi o te pāriha?

115

YOLLAND: Except you.

OWEN: I've left here.

YOLLAND: You remember it.

OWEN: I'm asking you: what do we write in the Name-Book?

YOLLAND: Tobair Vree.

OWEN: Even though the well is a hundred yards from the actual crossroads—and there's no well anyway—and what the hell does Vree mean?

YOLLAND: Tobair Vree.

OWEN: That's what you want?

YOLLAND: Yes.

OWEN: You're certain?

YOLLAND: Yes.

OWEN: Fine. Fine. That's what you'll get.

YOLLAND: That's what you want, too, Roland.
(*Pause.*)

OWEN: (*Explodes.*) George! For God's sake! *My name is not Roland!*

YOLLAND: What?

OWEN: (*Softly.*) My name is Owen.
(*Pause.*)

YOLLAND: Not Roland?

OWEN: Owen.

YOLLAND: You mean to say—?

OWEN: Owen.

YOLLAND: But I've been—

OWEN: O-w-e-n.

YOLLAND: Where did Roland come from?

OWEN: I don't know.

YOLLAND: It was never Roland?

OWEN: Never.

YOLLAND: O my God!

HŌRANI: Atu i a koe nā.

ŌWENA: Kua wehe au i konei.

HŌRANI: E maumahara ana koe ki te kōrero.

ŌWENA: E pātai ana ahau ki a koe: he aha tā tāua e tuhi ai ki te Puka Ingoa?

HŌRANI: Ko Tobair Vree.

ŌWENA: Ahakoa kotahi rau iāri te matara atu o te puna i te ara rīpeka—ā, kāore hoki he puna—ā, he aha hoki te tikanga o te kupu Vree?

HŌRANI: Ko Tobair Vree.

ŌWENA: Koinā tāu e pīrangi nei?

HŌRANI: Āe.

ŌWENA: I nē?

HŌRANI: Āe.

ŌWENA: Kāti. Kua mana.

HŌRANI: Koinā hoki tāu e pīrangi nei, Rōrangi.
(*Ka ngū.*)

ŌWENA: (*Ka pakē te waha.*) Kātahi nā, Hōri! *Ehara taku ingoa i a Rōrangi!*

HŌRANI: He aha?

ŌWENA: (*Ka āta kōrero.*) Ko Ōwena tōku ingoa.
(*Ka ngū.*)

HŌRANI: Ehara i a Rōrangi?

ŌWENA: Ko Ōwena.

HŌRANI: E mea ana koe—?

ŌWENA: Ko Ōwena.

HŌRANI: Engari kua—

ŌWENA: Ō—we—na.

HŌRANI: Nō hea mai a Rōrangi?

ŌWENA: E aua hoki.

HŌRANI: Ehara i a Rōrangi i mua?

ŌWENA: Ehara.

HŌRANI: Atā!

117

(*Pause. They stare at one another. Then the absurdity of the situation strikes them suddenly. They explode with laughter,* OWEN *pours drinks. As they roll about their lines overlap.*)

YOLLAND: Why didn't you tell me?

OWEN: Do I look like a Roland?

YOLLAND: Spell Owen again.

OWEN: I was getting fond of Roland.

YOLLAND: O my God!

OWEN: O-w-e-n.

YOLLAND: What'll we write—

OWEN: —in the Name-Book?!

YOLLAND: R-o-w-e-n!

OWEN: Or what about Ol-

YOLLAND: Ol-what?

OWEN: Oland!

(*And again they explode.*)

MANUS *enters. He is very elated.*)

MANUS: What's the celebration?

OWEN: A christening!

YOLLAND: A baptism!

OWEN: A hundred christenings!

YOLLAND: A thousand baptisms! Welcome to Eden!

OWEN: Eden's right! We name a thing and—bang!—it leaps into existence!

YOLLAND: Each name a perfect equation with its roots.

OWEN: A perfect congruence with its reality.

(*To* MANUS.) Take a drink.

YOLLAND: Poteen—beautiful.

OWEN: Lying Anna's poteen.

YOLLAND: Anna na mBreag's poteen.

*(Ka ngū. E titiro ana rāua ki a rāua. Kātahi rāua ka mōhio
ki te heahea o tēnei tūāhua. Ka hemo rāua i te kata. Ka
riringi a ŌWENA i ngā inu. Ka kōrero tahi rāua i a rāua e
takaporepore ana.)*

HŌRANI: He aha koe i kore ai e whāki mai?

ŌWENA: He rite taku āhua ki tētahi Rōrangi?

HŌRANI: Tātakina mai anō a Ōwena.

ŌWENA: I te rata haere ahau ki a Rōrangi.

HŌRANI: E tā!

ŌWENA: Ō—we—na.

HŌRANI: Me tuhi i te aha—

ŌWENA:—ki te Puka Ingoa?!

HŌRANI: Rō—we—na!

ŌWENA: Ka pēhea rānei a Ō—

HŌRANI: Ō—aha?

ŌWENA: Ōrangi!

*(Ka hemo anō rāua i te kata.
Ka tomo mai a MĀNU. E tino tūrangahakoa ana.)*

MĀNU: He aha te whakanui?

ŌWENA: He iriiringa!

HŌRANI: He iriiringa!

ŌWENA: He iriiringa nui!

HŌRANI: He iriiringa nui whakaharahara! Nau mai ki
Erene!

ŌWENA: Ka tika hoki a Erene! Whakaingoa tonu atu i
tētahi mea—ha!—kātahi ka ora mai!

HŌRANI: E tika katoa ana tēnā ingoa me tēnā ingoa i ōna
anō taketakenga.

ŌWENA: E hāngai ana hoki ki tōna anō ao.
(Ki a MĀNU.) E inu.

HŌRANI: Waikōhua—te mutunga mai o te reka!

ŌWENA: Te waikōhua a Ani i Rūkahu.

HŌRANI: Te waikōhua a Ani Horihori.

OWEN: Excellent, George.

YOLLAND: I'll decode you yet.

OWEN: (*Offers drink.*) Manus?

MANUS: Not if that's what it does to you.

OWEN: You're right. Steady—steady—sober up—sober up.

YOLLAND: Sober as a judge, Owen.

(MANUS *moves beside* OWEN.)

MANUS: I've got good news! Where's Father?

OWEN: He's gone out. What's the good news?

MANUS: I've been offered a job.

OWEN: Where? (*Now aware of* YOLLAND.) Come on,
    man—speak in English.

MANUS: For the benefit of the colonist?

OWEN: He's a decent man.

MANUS: Aren't they all at some level?

OWEN: Please.

(MANUS *shrugs.*)

He's been offered a job.

YOLLAND: Where?

OWEN: Well—tell us!

MANUS: I've just had a meeting with two men from Inis
    Meadhon. They want me to go there and start a hedge-
    school. They're giving me a free house, free turf, and free
    milk; a rood of standing corn; twelve drills of potatoes;
    and—(*He stops.*)

OWEN: And what?

MANUS: A salary of £42 a year!

OWEN: Manus, that's wonderful!

MANUS: You're talking to a man of substance.

OWEN: I'm delighted.

YOLLAND: Where's Inis Meadhon?

ŌWENA: Ka rawe, Hōri.

HŌRANI: Ā, taihoa ake ahau wetewete ai i tō reo.

ŌWENA: (*E hoatu ana i tētahi inu.*) Mānu?

MĀNU: Kaua māku mehemea koinā taku otinga atu.

ŌWENA: He tika koe. Kia āta haere—kia āta haere—kia tūtika—kia tūtika rā.

HŌRANI: Kua tūtika, Ōwena, pēnei i te tiati te tūtika.

(*Ka neke a* MĀNU *ki te taha o* ŌWENA.)

MĀNU: He rongo pai tāku! Kei hea a Pāpā?

ŌWENA: Kua puta atu ia. He aha te rongo pai?

MĀNU: Kua tonoa mai he mahi māku.

ŌWENA: Ki hea? (*Kua whakaaro ia ināianei ki a* HŌRANI.)
E hoa—kōrero Ingarihi mai.

MĀNU: Hei painga mō te kaitāmi?

ŌWENA: He tangata pai tonu ia.

MĀNU: He wā ōna e pērā ana rātou katoa, nē?

ŌWENA: Tēnā.

(*Ka hiki ngā pokohiwi o* MĀNU.)
Kua tonoa he mahi māna.

HŌRANI: Ki hea?

ŌWENA: Tēnā—kōrero mai!

MĀNU: Kātahi anō au ka hui atu ki ētahi tāngata tokorua nō Inis Meadhon. Ko tō rāua pīrangi kia haere atu au ki reira, whakatū ai i tētahi wharekura. Ka homai noa e rātou he whare, he rei, he miraka, he utukore katoa. Ka homai he koata eka kānga me ētahi ripa rīwai tekau mā rua, me—(*Ka mutu tana kōrero.*)

ŌWENA: Me te aha?

MĀNU: Me te utu, e whā tekau mā rua pāuna i te tau!

ŌWENA: Mānu, ka mutu pea!

MĀNU: Kei te kōrero mai koe ki tētahi tangata hirahira.

ŌWENA: E koa ana taku ngākau.

HŌRANI: Kei hea rā a Inis Meadhon?

OWEN: An island south of here. And they came looking for you?

MANUS: Well, I mean to say . . .

(OWEN *punches* MANUS.)

OWEN: Aaaaagh! This calls for a real celebration.

YOLLAND: Congratulations.

MANUS: Thank you.

OWEN: Where are you, Anna?

YOLLAND: When do you start?

MANUS: Next Monday.

OWEN: We'll stay with you when we're there.

(*To* YOLLAND.) How long will it be before we reach Inis Meadhon?

YOLLAND: How far south is it?

MANUS: About fifty miles.

YOLLAND: Could we make it by December?

OWEN: We'll have Christmas together. (*Sings*) 'Christmas Day on Inis Meadhon . . .'

YOLLAND: (*Toast.*) I hope you're very content there, Manus.

MANUS: Thank you.

(YOLLAND *holds out his hand,* MANUS *takes it. They shake warmly.*)

OWEN: (*Toast.*) Manus.

MANUS: (*Toast.*) To Inis Meadhon. (*He drinks quickly and turns to leave.*)

OWEN: Hold on—hold on—refills coming up.

MANUS: I've got to go.

OWEN: Come on, man; this is an occasion. Where are you rushing to?

MANUS: I've got to tell Maire.

(MAIRE *enters with her can of milk.*)

MAIRE: You've got to tell Maire what?

ŌWENA: He moutere kei te tonga. I haere mai rātou ki te
rapu i a koe?

MĀNU: Nā, me pēhea taku kōrero . . .

(*Ka meke a* ŌWENA *i a* MĀNU.)

OWĒNA: Aaaaaaa! Me whakanui ka tika.

HŌRANI: E mihi atu ana.

MĀNU: Tēnā koe.

ŌWENA: Kei hea rā koe, e Ani?

HŌRANI: Āhea koe tīmata ai?

MĀNU: Ā tērā Mane.

ŌWENA: Ka noho māua i tō taha kia tae māua ki reira.
(*Ki a* HŌRANI.) E hia te roa kātahi tāua ka tae atu ki Inis
Meadhon?

HŌRANI: E hia te matara whakatetonga?

MĀNU: E rima tekau māero pea.

HŌRANI: Ka tae rānei tāua i mua i te Tīhema?

ŌWENA: Ka Kirihimete tahi tātou. (*E waiata ana.*) 'Te rā
Kirihimete i Inis Meadhon . . . '

HŌRANI: (*E hiki ana i tana inu.*) Kia manahau tō noho ki
reira, Mānu.

MĀNU: Kia ora.
(*Ka toro te ringa o* HŌRANI. *Ka kapohia e* MĀNU. *Ka
harirū rāua i runga i te aroha.*)

ŌWENA: (*E hiki ana i tana inu.*) Ki a Mānu.

MĀNU: (*E hiki ana i tana inu.*) Ki a Inis Meadhon. (*Ka tere
tana inu, kātahi ia ka huri ki te haere.*)

ŌWENA: Taihoa—taihoa—kia whakakīia anō.

MĀNU: Me haere au.

ŌWENA: E tama, he kaupapa nui tēnei. E whati atu ana koe
ki hea?

MĀNU: Me kōrero au ki a Moera.
(*Ka tomo mai a* MOERA *me tana kēne miraka.*)

MOERA: Me kōrero koe i te aha ki a Moera?

OWEN: He's got a job!

MAIRE: Manus?

OWEN: He's been invited to start a hedge-school in Inis Meadhon.

MAIRE: Where?

MANUS: Inis Meadhon—the island! They're giving me £42 a year and . . .

OWEN: A house, fuel, milk, potatoes, corn, pupils, what-not!

MANUS: I start on Monday.

OWEN: You'll take a drink. Isn't it great?

MANUS: I want to talk to you for . . .

MAIRE: There's your milk. I need the can back.

(MANUS *takes the can and runs up the steps*.)

MANUS: (*As he goes*.) How will you like living on an island?

OWEN: You know George, don't you?

MAIRE: We wave to each other across the fields.

YOLLAND: Sorry-sorry?

OWEN: She says you wave to each other across the fields.

YOLLAND: Yes, we do; oh yes, indeed we do.

MAIRE: What's he saying?

OWEN: He says you wave to each other across the fields.

MAIRE: That's right. So we do.

YOLLAND: What's she saying?

OWEN: Nothing—nothing—nothing.

(*To* MAIRE.) What's the news?

(MAIRE *moves away, touching the text books with her toe*.)

MAIRE: Not a thing. You're busy, the two of you.

OWEN: We think we are.

ŌWENA: Kua whai mahi ia!

MOERA: A Mānu?

ŌWENA: Kua tonoa māna e whakatū tētahi wharekura ki Inis Meadhon.

MOERA: Ki whea rā?

MĀNU: Ki Inis Meadhon—ki te moutere! E whā tekau mā rua pāuna i te tau tā rātou e homai ai, waihoki . . .

ŌWENA: He whare, he rei, he miraka, he rīwai, he kānga, he ākonga, he aha atu, he aha atu!

MĀNU: Hei te Mane ahau tīmata ai.

ŌWENA: He inu māu. He rawe, nē?

MĀNU: Me kōrero au ki a koe mō te . . .

MOERA: Anei tō miraka. Me whakahoki mai te kēne.

(*Ka tango a* MĀNU *i te kēne, ka tere piki ai i ngā arapiki.*)

MĀNU: (*I a ia e haere ana.*) Ka pēhea ki a koe te noho i tētahi moutere?

ŌWENA: Kei te mōhio koe ki a Hōri, nē?

MOERA: Ringaringa ai māua ki a māua i ngā pārae.

HŌRANI: He aha-he aha?

ŌWENA: I kī mai ia, ka ringaringa kōrua ki a kōrua i ngā pārae.

HŌRANI: Āe, he tika; ka pērā māua.

MOERA: He aha tāna?

ŌWENA: I kī mai ia, ka ringaringa kōrua ki a kōrua i ngā pārae.

MOERA: He tika. Ka pērā māua.

HŌRANI: He aha tāna?

ŌWENA: He kore—kore noa iho.

(*Ki a* MOERA.) He aha ngā kōrero o te wā?

(*Ka neke atu a* MOERA, *e pā atu ana te koikara o tana waewae ki ngā pukamahi.*)

MOERA: Karekau. Kei te pukumahi koe, kōrua tahi.

ŌWENA: Koirā tō māua pōhēhē.

MAIRE: I hear the Fiddler O'Shea's about. There's some talk of a dance tomorrow night.

OWEN: Where will it be?

MAIRE: Maybe over the road. Maybe at Tobair Vree.

YOLLAND: Tobair Vree!

MAIRE: Yes.

YOLLAND: Tobair Vree! Tobair Vree!

MAIRE: Does he know what I'm saying?

OWEN: Not a word.

MAIRE: Tell him then.

OWEN: Tell him what?

MAIRE: About the dance.

OWEN: Maire says there may be a dance tomorrow night.

YOLLAND: (*To* OWEN.) Yes? May I come?
   (*To* MAIRE.) Would anybody object if I came?

MAIRE: (*To* OWEN.) What's he saying?

OWEN: (*To* YOLLAND.) Who would object?

MAIRE: (*To* OWEN.) Did you tell him?

YOLLAND: (*To* MAIRE.) Sorry-sorry?

OWEN: (*To* MAIRE.) He says may he come?

MAIRE: (*To* YOLLAND.) That's up to you.

YOLLAND: (*To* OWEN.) What does she say?

OWEN: (*To* YOLLAND.) She says—

YOLLAND: (*To* MAIRE.) What-what?

MAIRE: (*To* OWEN.) Well?

YOLLAND: (*To* OWEN.) Sorry-sorry?

OWEN: (*To* YOLLAND.) Will you go?

YOLLAND: (*To* MAIRE.) Yes, yes, if I may.

MAIRE: (*To* OWEN.) What does he say?

YOLLAND: (*To* OWEN.) What is she saying?

OWEN: Oh for God's sake!

MOERA: Kua pā mai te kōrero, kei konei te kaiwhakatangi
whira, a Ōhea. E rere ana te kōrero mō tētahi kanikani ā te
pō āpōpō.

ŌWENA: Ka tū ki hea?

MOERA: Ki rāwāhi o te rori pea. Ki Tobair Vree pea.

HŌRANI: Ki Tobair Vree!

MOERA: Āe.

HŌRANI: Tobair Vree! Tobair Vree!

MOERA: Kei te mārama mai ia ki taku kōrero?

ŌWENA: Karekau.

MOERA: Nō reira, kōrerotia atu.

ŌWENA: He aha?

MOERA: Kōrero atu mō te kanikani.

ŌWENA: I kī mai a Moera, ākuanei pea he kanikani āpōpō.

HŌRANI: (*Ki a* ŌWENA.) Nē? E pai ana kia haere atu au?
(*Ki a* MOERA.) Ka whakahētia rānei taku haere atu e
tētahi?

MOERA: (*Ki a* ŌWENA.) He aha tāna?

ŌWENA: (*Ki a* HŌRANI.) Ko wai ka whakahē?

MOERA: (*Ki a* ŌWENA.) I kōrerotia atu ki a ia?

HŌRANI: (*Ki a* MOERA.) He aha-he aha?

ŌWENA: (*Ki a* MOERA.) Ko tāna, e pai ana kia haere ia?

MOERA: (*Ki a* HŌRANI.) Kei a koe te tikanga.

HŌRANI: (*Ki a* ŌWENA.) He aha tāna?

ŌWENA: (*Ki a* HŌRANI.) Ko tāna—

HŌRANI: (*Ki a* MOERA.) He aha-he aha?

MOERA: (*Ki a* ŌWENA.) Nō reira?

HŌRANI: (*Ki a* ŌWENA.) He aha-he aha?

ŌWENA: (*Ki a* HŌRANI.) Ka haere koe?

HŌRANI: (*Ki a* MOERA.) Āe, āe, me e pai ana.

MOERA: (*Ki a* ŌWENA.) He aha tāna?

HŌRANI: (*Ki a* ŌWENA.) He aha tāna?

ŌWENA: Kātahi rā hoki!

(*To* MANUS *who is descending with the empty can.*) You take on this job, Manus.

MANUS: I'll walk you up to the house. Is your mother at home? I want to talk to her.

MAIRE: What's the rush? (*To* OWEN.) Didn't you offer me a drink?

OWEN: Will you risk Anna na mBreag?

MAIRE: Why not.

(YOLLAND *is suddenly intoxicated. He leaps up on a stool, raises his glass and shouts.*)

YOLLAND: Anna na mBreag! Baile Beag! Inis Meadhon! Bombay! Tobair Vree! Eden! And poteen—correct, Owen?

OWEN: Perfect.

YOLLAND: And bloody marvellous stuff it is, too. I love it! Bloody, bloody, bloody marvellous!

(*Simultaneously with his final 'bloody marvellous' bring up very loud the introductory music of the reel. Then immediately go to black.*

Retain the music throughout the very brief interval.)

(*Ki a* MĀNU *e heke ana i ngā arapiki me tētahi kēne
pōaha.*) Kei a koe, Mānu.

MĀNU: Ka hīkoi au i tō taha ki te whare. Kei te kāinga tō
whaea? Kei te hiahia kōrero ahau ki a ia.

MOERA: He aha te whāwhai? (*Ki a* ŌWENA.) Kāore rānei i
homai he inu māku?

ŌWENA: Ka pai rānei ki a koe tā Ani Horihori?

MOERA: Heoi anō.

(*Kua haurangi a* HŌRANI *ināianei. Ka hūpeke ia ki runga
i tētahi tūru, ka hiki i tana inu, ka ūmere anō hoki.*)

HŌRANI: Ani Horihori! Baile Beag! Inis Meadhon! Pomapē!
Tobair Vree! Erene! Me te waikōhua—he tika, Ōwena?

ŌWENA: Tika rawa atu.

HŌRANI: Ka mutu pea te pai o te waikōhua nei. Mutunga
mai! Mutunga mārika mai o te pai!

(*I tana kī 'mārika mai o te pai' kia tangi hoihoi mai te
tīmatanga o te puoro mō te kanikani Airihi. Kātahi ka pango
katoa.*

*Kia tangi tonu te puoro mō te roanga o te whakamatuatanga
poto.*)

SCENE TWO

The following night.

This scene may be played in the schoolroom, but it would be preferable to lose—by lighting—as much of the schoolroom as possible, and to play the scene down front in a vaguely 'outside' area.

The music rises to a crescendo. Then in the distance we hear MAIRE *and* YOLLAND *approach—laughing and running. They run on, hand-in-hand. They have just left the dance.*

Fade the music to distant background. Then after a time it is lost and replaced by guitar music.

MAIRE *and* YOLLAND *are now down front, still holding hands and excited by their sudden and impetuous escape from the dance.*

MAIRE: O my God, that leap across the ditch nearly killed me.

YOLLAND: I could scarcely keep up with you.

MAIRE: Wait till I get my breath back.

YOLLAND: We must have looked as if we were being chased.
    (*They now realise they are alone and holding hands—the beginnings of embarrassment. The hands disengage. They begin to drift apart. Pause.*)

MAIRE: Manus'll wonder where I've got to.

YOLLAND: I wonder did anyone notice us leave.
    (*Pause. Slightly further apart.*)

MAIRE: The grass must be wet. My feet are soaking.

YOLLAND: Your feet must be wet. The grass is soaking.

TE WĀHANGA TUARUA

I te pō i muri mai.

Ka whakaarihia pea tēnei wāhanga i te rūma ako, engari ko te painga atu kia kaua e kitea tētahi wāhanga nui o te rūma ako— mā te whakakākarauri i te rūma—me te whakaari i te wāhanga i mua o te atamira i tētahi wāhi kei 'waho' nei te āhua.

Whakakahangia te puoro kia tōiri mai ai. I tawhiti ka rangona a MOERA *rāua ko* HŌRANI *e whakatata mai ana—e kata ana, e oma ana. Ka oma mai rāua, e pupuri ringa ana. Kātahi anō rāua ka wehe i te kanikani.*

Whakaitihia te puoro kia rangona tonu i tawhiti. Nāwai, ā, ka mutu te tangi o te puoro, ā, ka rangona kētia ko te tangi o te rakuraku.

Kei mua a MOERA *rāua ko* HŌRANI *ināianei, e pupuri ringa tonu ana, e ihiihi ana hoki i tō rāua omanga whakareretanga i te kanikani.*

MOERA: Pae kare, tata tonu au ka hinga i te pekenga i te awarua.

HŌRANI: Waimarie kāore au i mahue i a koe.

MOERA: Taihoa, kua pau katoa taku hau.

HŌRANI: Ko te āhua nei pea, i te whāia tāua e wai ake rā.

(*Ka kite rāua e noho ana ko rāua anahe, e pupuri ringa ana—ka tīmata te pā mai o te whakamā. Ka tukua ngā ringa. Ka wehewehe rāua i a rāua anō. Ka ngū.*)

MOERA: Ka mahara a Mānu kei whea rā ahau e ngaro nei.

HŌRANI: E whakaaro ana ahau me i kitea tāua e wehe ana.

(*Ka ngū. Ka wehewehe anō rāua i a rāua.*)

MOERA: Kei te mākū te pātītī. Kua mākū katoa aku waewae.

HŌRANI: Kāore e kore kua mākū ō waewae. Kei te mākū

(*Another pause. Another few paces apart. They are now a long distance from one another.*)

YOLLAND: (*Indicating himself.*) George.

(MAIRE *nods: Yes—yes. Then.*)

MAIRE: Lieutenant George.

YOLLAND: Don't call me that. I never think of myself as Lieutenant.

MAIRE: What-what?

YOLLAND: Sorry-sorry? (*He points to himself again.*) George.

(MAIRE *nods: Yes-yes. Then points to herself.*)

MAIRE: Maire.

YOLLAND: Yes, I know you're Maire. Of course I know you're Maire. I mean I've been watching you night and day for the past . . .

MAIRE: (*Eagerly.*) What-what?

YOLLAND: (*Points.*) Maire. (*Points*) George. (*Points both*) Maire and George.

(MAIRE *nods: Yes-yes-yes.*)

I—I—I—

MAIRE: Say anything at all. I love the sound of your speech.

YOLLAND: (*Eagerly.*) Sorry-sorry?

(*In acute frustration he looks around, hoping for some inspiration that will provide him with communicative means. Now he has a thought: he tries raising his voice and articulating in a staccato style and with equal and absurd emphasis on each word.*)

Every-morning-I-see-you-feeding-brown-hens-and-giving-meal-to- black-calf—(*The futility of it.*)—O my God.

(MAIRE *smiles. She moves towards him. She will try to communicate in Latin.*)

katoa te pātītī.

(*Ka ngū anō. Ka wehewehe anō rāua i a rāua. Kua matara rāua i a rāua ināianei.*)

HŌRANI: (*E tohu ana ki a ia anō.*) Hōri.

(*Ka tungou a MOERA: Āe—āe.*)

MOERA: Rūtene Hōri.

HŌRANI: Kaua e karanga pēnā mai. Kore rawa atu ahau e whakaaro ki a au anō hei Rūtene.

MOERA: He aha nā?

HŌRANI: He aha? (*Ka tohu anō tōna ringa ki a ia anō.*) Hōri. (*Ka tungou a MOERA: Āe—āe. Ka tohu ia ki a ia anō.*)

MOERA: Moera.

HŌRANI: Āe, kei te mōhio ahau ko Moera koe. Me pēhea hoki au e kore ai e mōhio ko Moera koe. Heoi anō, he rite tonu taku mātakitaki i a koe i te ao, i te pō, i ngā . . .

MOERA: (*E kaikā ana.*) He aha-he aha?

HŌRANI: (*Ka tohu te ringa.*) Moera. (*Ka tohu te ringa.*) Hōri. (*Ka tohu ki a rāua.*) Ko Moera me Hōri. (*Ka tungou a MOERA: Āe—āe—āe.*) Kua—kua—kua

MOERA: Kōrero mai ahakoa he aha. He ātaahua ki a au te tangi o tō reo.

HŌRANI: (*E kaikā ana.*) He aha-he aha?

(*I runga i te kaha o te hēmanawatanga ka tirotiro haere ia me kore noa e kitea tētahi mea e āhei ai tana whakawhitiwhiti kōrero. Kua toko ake he whakaaro: ka whai ia ki te whakakaha i tōna reo me te āta wehewehe i te whakapuakanga o ia kupu me te whakanui tonu i ia kupu.*) I-ia-ata-kite-ai-au-i-a-koe-e-whāngai-ana-i-ngā-heihei-e-whāngai-hoki-ana-i-te-kāwhe-mangu—(*Papa kore ana hoki.*)—Kātahi rā hoki.

(*Ka menemene a MOERA. Ka whakatata atu a MOERA ki a ia. Ka ngana ia ki te kōrero i te reo Rātini.*)

MAIRE: *Tu es centurio in—in—in exercitu Britannico—*

YOLLAND: Yes-yes? Go on—go on—say anything at all—I love the sound of your speech.

MAIRE: *—et es in castris quae—quae—quae sunt in agro—* (*The futility of it.*)—O my God.
(YOLLAND *smiles. He moves towards her. Now for her English words.*) George—water.

YOLLAND: 'Water'? Water! Oh yes—water—water—very good—water—good—good.

MAIRE: Fire.

YOLLAND: Fire—indeed—wonderful—fire, fire, fire— splendid—splendid!

MAIRE: Ah . . . ah . . .

YOLLAND: Yes? Go on.

MAIRE: Earth.

YOLLAND: 'Earth'?

MAIRE: Earth. Earth.
(YOLLAND *still does not understand.*
MAIRE *stoops down and picks up a handful of clay. Holding it out.*) Earth.

YOLLAND: Earth! Of course—earth! Earth. Earth. Good Lord, Maire, your English is perfect!

MAIRE: (*Eagerly.*) What-what?

YOLLAND: Perfect English. English perfect.

MAIRE: George—

YOLLAND: That's beautiful—oh that's really beautiful.

MAIRE: George—

YOLLAND: Say it again—say it again—

MAIRE: Shhh. (*She holds her hand up for silence—she is trying to remember her one line of English. Now she remembers it and she delivers the line as if English were her language—*

MOERA: *Tu es centurio in—in—in exercitu Britannico—*

HŌRANI: Āe—āe? Kōrero—kōrero—ahakoa he aha—he
ātaahua ki a au te tangi o tō reo.

MOERA:*—et es in castris quae—quae—quae sunt in agro—*
(*Papa kore ana hoki.*)—Kātahi rā.
(*Ka menemene a* HŌRANI. *Ka whakatata atu ia ki a*
MOERA.
Ināianei ka huri ia ki te kōrero i ngā kupu Ingarihi kei a ia.)
Hōri—wai.

HŌRANI: 'Wai'? Wai! Āe—he wai—he wai—tino pai—he
wai—ka pai—ka pai.

MOERA: Ahi.

HŌRANI: Ahi—āna—ka mau te wehi—he ahi, he ahi—ka
rawe kē hoki!

MOERA: Aaa . . . aaa . . .

HŌRANI: He aha? Kōrero mai.

MOERA: Papa.

HŌRANI: 'Papa'?

MOERA: Papa. Papa.
(*Kāore tonu a* HŌRANI *e mārama.*
Ka koropiko a MOERA *ka kapu ake i te oneone. Ka*
whakaaturia atu.) Papa.

HŌRANI: Papa! Koia—papa! Ko te papa. Ko te papa. Te tika
hoki o tō reo Ingarihi, Moera!

MOERA: (*E kaikā ana.*) He aha-he aha?

HŌRANI: He tika te reo Ingarihi. He tika.

MOERA: Hōri—

HŌRANI: Kia ātaahua hoki—kia ātaahua mai hoki tēnā.

MOERA: Hōri—

HŌRANI: Kōrerotia anō—kōrerotia mai anō—

MOERA: Hoihoi. (*Ka tū tōna ringa kia ngū ai ia—e rapu ana*
ōna whakaaro i te rerenga kōrero Ingarihi kotahi kei a ia.
Kua maumahara ia, ā, ka kōrerotia atu ānō nei nōna te reo

135

easily, fluidly, conversationally.) George, in Norfolk we
besport ourselves around the maypoll.

YOLLAND: Good God, do you? That's where my mother
comes from—Norfolk. Norwich actually. Not exactly
Norwich town but a small village called Little Walsingham
close beside it. But in our own village of Winfarthing we
have a maypole too and every year on the first of May—
(*He stops abruptly, only now realising. He stares at her. She in
turn misunderstands his excitement.*)

MAIRE: (*To herself.*) Mother of God, my Aunt Mary wouldn't
have taught me something dirty, would she?
(*Pause.*
YOLLAND *extends his hand to* MAIRE. *She turns away
from him and moves slowly across the stage.*)

YOLLAND: Maire.
(*She still moves away.*)

YOLLAND: Maire Chatach.
(*She still moves away.*)

YOLLAND: Bun na hAbhann? (*He says the name softly, almost
privately, very tentatively, as if he were searching for a sound
she might respond to. He tries again.*) Druim Dubh?
(MAIRE *stops. She is listening,* YOLLAND *is encouraged.*)
Poll na gCaorach. Lis Maol.
(MAIRE *turns towards him.*)
Lis na nGall.

MAIRE: Lis na nGradh.
(*They are now facing each other and begin moving—almost
imperceptibly—towards one another.*)

MAIRE: Carraig an Phoill.

Ingarihi—e ngāwari ana, e rōnaki ana, e rere ana hoki.)
Hōri, in Norfolk we besport ourselves around the maypoll.
HŌRANI: Nē rā? Ka mau kē te wehi! Nō reira tōku whaea—
nō Nōwhaka. Heoi anō, nō Nōwiti. Ehara i te tāone tonu
o Nōwiti, engari he kāinga iti e tūtata ana, e karangahia
ana ko Wātingihama-iti. Heoi anō, kei tō mātou kāinga
ake, kei Winiwhātingi tētahi *maypole*, ā, i te tahi o Mei i ia
tau—(*Mutu tonu atu tana kōrero, kātahi anō ia ka mahara.
Ka titiro a* HŌRANI *ki a* MOERA. *Kāore a* MOERA *e
mārama he aha ia e hiamo nei.*)
MOERA: (*E murakehu ana.*) Aiii, kāore taku whaea kēkē, a
Meri, i whakaako mai i ētahi kupu kino, nē?
(*Ka ngū.*
Ka toro te ringa o HŌRANI *ki a* MOERA. *Ka huri kē ia,
ka āta whakawhiti ia i te atamira.*)
HŌRANI: Moera.
(*Ka haere tonu atu ia.*)
HŌRANI: Moera Māwhatu.
(*Ka haere tonu atu ia.*)
HŌRANI: Bun na hAbhann? (*E āta kōrero ana a* HŌRANI
*i te ingoa, ānō e murakehu ana, e tino horokukū ana, me
te mea nei e rapu ana ia i tētahi oro e tahuri mai ai ia. Ka
whakamātau anō ia.*) Druim Dubh?
(*Ka tū a* MOERA. *E whakarongo ana ia, kua māia ake a*
HŌRANI.)
Poll na gCaorach. Lis Maol.
(*Ka anga a* MOERA *ki a ia.*)
Lis na nGall.
MOERA: Lis na nGradh.
(*E anga ana tētahi ki tētahi ināianei, ā, kua tīmata tā rāua
whakatata haere ki a rāua anō—he pērā rawa te kaha o te
āta haere ānō nei kāore e āta kitea.*)
MOERA: Carraig an Phoill.

YOLLAND: Carraig na Ri. Loch na nEan.

MAIRE: Loch an Iubhair. Machaire Buidhe.

YOLLAND: Machaire Mor. Cnoc na Mona.

MAIRE: Cnoc na nGabhar.

YOLLAND: Mullach.

MAIRE: Port.

YOLLAND: Tor.

MAIRE: Lag. (*She holds out her hands to* YOLLAND. *He takes them. Each now speaks almost to himself/herself.*)

YOLLAND: I wish to God you could understand me.

MAIRE: Soft hands; a gentleman's hands.

YOLLAND: Because if you could understand me I could tell you how I spend my days either thinking of you or gazing up at your house in the hope that you'll appear even for a second.

MAIRE: Every evening you walk by yourself along the Tra Bhan and every morning you wash yourself in front of your tent.

YOLLAND: I would tell you how beautiful you are, curly-headed Maire. I would so like to tell you how beautiful you are.

MAIRE: Your arms are long and thin and the skin on your shoulders is very white.

YOLLAND: I would tell you . . .

MAIRE: Don't stop—I know what you're saying.

YOLLAND: I would tell you how I want to be here—to live here—always—with you—always, always.

MAIRE: 'Always'? What is that word—'always'?

YOLLAND: Yes-yes; always.

MAIRE: You're trembling.

YOLLAND: Yes, I'm trembling because of you.

HŌRANI: Carraig na Ri. Loch na nEan.

MOERA: Loch an Iubhair. Machaire Buidhe.

HŌRANI: Machaire Mor. Croc na Mona.

MOERA: Cnoc na nGabhar.

HŌRANI: Mullach.

MOERA: Port.

HŌRANI: Tor.

MOERA: Lag. (*Ka toro atu ō* MOERA *ringa ki a* HŌRANI. *Ka kapohia atu e* HŌRANI. *Ināianei, ka kōrero tēnā ki a ia anō me tēnā ki a ia anō.*)

HŌRANI: Me i mārama mai koe ki a au.

MOERA: He ringa māeneene, he ringaringa nō te rangatira.

HŌRANI: Me i mārama koe ki a au kua kōrero atu ahau mō te āhua o taku whakaaroaro ki a koe, o taku mātakitaki rānei i tō whare i ngā rā, me kore noa e puta mai koe ahakoa ko te kimonga kanohi noa iho nei te roa.

MOERA: I ia ata, i ia ata hīkoi mai ai koe, ko koe anahe i te Tra Bhan, ā, i ia ata, i ia ata horoi ai koe i a koe anō i mua i tō tēneti.

HŌRANI: Kua kōrero atu ahau i tō ātaahua, Moera uru māwhatu. Inā te kaha o taku hiahia ki te kōrero ki a koe mō tō ātaahua.

MOERA: Ō ringaringa, he roa, he angiangi, ā, ko tō kiri i ō pokohiwi, inā kē te mā.

HŌRANI: Kua kōrero atu ahau ki a koe . . .

MOERA: Kaua e mutu—e mōhio ana ahau ki ō kōrero.

HŌRANI: Kua kōrero atu ahau ki a koe i tōku hiahia ki te noho—ki te noho i konei—ā haere nei te wā—i tō taha—āke, ake, ake.

MOERA: 'Āke'? He aha tēnā kupu—'āke'?

HŌRANI: Āe-āe; āke.

MOERA: Kei te wiriwiri koe.

HŌRANI: Āe, ko koe te take e wiriwiri nei au.

139

MAIRE: I'm trembling, too. (*She holds his face in her hand.*)

YOLLAND: I've made up my mind . . .

MAIRE: Shhhh.

YOLLAND: I'm not going to leave here . . .

MAIRE: Shhh—listen to me. I want you, too, soldier.

YOLLAND: Don't stop—I know what you're saying.

MAIRE: I want to live with you—anywhere—anywhere at all—always—always.

YOLLAND: 'Always'? What is that word—'always'?

MAIRE: Take me away with you, George.

(*Pause.*

Suddenly they kiss.

SARAH enters. She sees them. She stands shocked, staring at them. Her mouth works. Then almost to herself.)

SARAH: Manus . . . Manus!

(SARAH *runs off.*

Music to crescendo.)

MOERA: Kei te wiriwiri hoki ahau. (*Ka pā te ringa o*
   MOERA *ki te mata o* HŌRANI.)
HŌRANI: Kua tau ōku whakaaro . . .
MOERA: Hoihoi.
HŌRANI: E kore au e wehe i konei . . .
MOERA: Hoihoi—whakarongo mai. Kei te minamina hoki
   ahau ki a koe, e te hōia.
HŌRANI: Kaua e mutu—kei te mārama ahau ki ō kōrero.
MOERA: Kei te hiahia noho au i tō taha—ahakoa kei
   whea—ahakoa kei whea rā, āke—ake—ake.
HŌRANI: 'Āke'? He aha tēnā kupu—'āke'?
MOERA: Kāwhakina ahau, Hōri.
   (*Ka ngū.*
   Kātahi rāua ka kihi.
   Ka tomo mai a HERA. *Ka kite ia i a rāua. Kua tumeke ia, e*
   titiro māhoi ana ia ki a rāua. Ka hāmama tana waha. Ānō e
   kōrero ana ki a ia anō.)
HERA: Mānu . . . Mānu!
   (*Ka oma atu a* HERA.
   Ka tangi tōiri mai te puoro.)

Act Three

The following evening. It is raining.

SARAH and OWEN alone in the schoolroom, SARAH, more waiflike than ever, is sitting very still on a stool, an open book across her knee. She is pretending to read but her eyes keep going up to the room upstairs, OWEN is working on the floor as before, surrounded by his reference books, map, Name-Book etc. But he has neither concentration nor interest; and like SARAH he glances up at the upstairs room.

After a few seconds MANUS emerges and descends, carrying a large paper bag which already contains his clothes. His movements are determined and urgent. He moves around the classroom, picking up books, examining each title carefully, and choosing about six of them which he puts into his bag. As he selects these books.

OWEN: You know that old limekiln beyond Con Connie Tim's pub, the place we call The Murren?—do you know why it's called The Murren?

(MANUS *does not answer.*)

I've only just discovered: it's a corruption of Saint Muranus. It seems Saint Muranus had a monastery somewhere about there at the beginning of the seventh century. And over the years the name became shortened to the Murren. Very unattractive name, isn't it? I think we should go back to the original—Saint Muranus. What do you think? The original's Saint Muranus. Don't you think we should go back to that?

Te Upoko Tuatoru

I te ahiahi i muri mai. E heke ana te ua.

Ko HERA *rāua ko* ŌWENA *anahe kei te rūma ako. E noho tau ana a* HERA *i tētahi tūru, kua kaha kē atu te hakirara o tōna āhua, kei ōna kūhā tētahi pukapuka e tuwhera ana. E whakataruna ana ia ki te pānui, engari he rite tonu tana titiro ki te ruma kei te papa tuarua. Kei te papa tonu a* ŌWENA *e mahi ana, e karapotia ana e āna puka toro, e te mahere, e te Puka Ingoa, e te aha atu, e te aha atu. Engari kāore i te kaha tana aro, tana hiahia rānei ki te mahi; pēnā tonu i a* HERA, *he rite tonu tana mātai ake ki te papa tuarua.*

Kāore i roa i muri mai, ka puta mai a MĀNU, *ka heke iho mai, e kawe ana i tētahi pēke pepa, he rahi tonu, kei roto ōna kākahu. E nekeneke ana ia i runga i te kakama me te ngākau marohi. Ka neke haere ia i te rūma ako, e tiki haere ana i ētahi pukapuka, e āta tirotiro ana i ia ingoa me te kōwhiri i ētahi mea e ono hei whao māna ki tana pēke. I a ia e kōwhiri ana i ēnei pukapuka.*

ŌWENA: E mōhio ana koe ki te umuuku kei tua i tō Kani Koni Timi pāparakāuta, ko te wāhi rā e karangahia nei e tātou ko Te Murēne?—E mōhio ana koe he aha e kīia ai ko Te Murēne?

(*Kāore a* MĀNU *e whakautu.*)

Kātahi anō au ka mōhio, ko te kōhurutanga tēnā o Hato Murānu. Ko te āhua nei, he whare pirihi tō Hato Murānu i taua takiwā rā te tīmatanga o te rautau tekau mā whitu, ā, i roto i ngā tau ka whakapotoa te ingoa ki a Murēne. Kātahi nā te ingoa anuanu, nē? Me hoki anō ki te ingoa tūturu—ki a Hato Murānu. He pēhea ō whakaaro? Ko te ingoa tūturu ko Hato Murānu. Ki ō whakaaro me hoki rānei ki taua ingoa?

(*No response,* OWEN *begins writing the name into the Name-Book.* MANUS *is now rooting about among the forgotten implements for a piece of rope. He finds a piece. He begins to tie the mouth of the flimsy, overloaded bag—and it bursts, the contents spilling out on the floor.*)

MANUS: Bloody, bloody, bloody hell!

(*His voice breaks in exasperation: he is about to cry.*
OWEN *leaps to his feet.*)

OWEN: Hold on. I've a bag upstairs.

(*He runs upstairs,* SARAH *waits until* OWEN *is off. Then.*)

SARAH: Manus . . . Manus, I . . .

(MANUS *hears* SARAH *but makes no acknowledgement. He gathers up his belongings.*
OWEN *reappears with the bag he had on his arrival.*)

OWEN: Take this one—I'm finished with it anyway. And it's supposed to keep out the rain.

(MANUS *transfers his few belongings,* OWEN *drifts back to his task. The packing is now complete.*)

MANUS: You'll be here for a while? For a week or two anyhow?

OWEN: Yes.

MANUS: You're not leaving with the army?

OWEN: I haven't made up my mind. Why?

MANUS: Those Inis Meadhon men will be back to see why I haven't turned up. Tell them—tell them I'll write to them as soon as I can. Tell them I still want the job but that it might be three or four months before I'm free to go.

OWEN: You're being damned stupid, Manus.

(*Kāore he whakautu. Ka tīmata a* ŌWENA *ki te tuhi i te ingoa ki te Puka Ingoa. Kei te ketuketu a* MĀNU *i ngā taputapu kua wareware noa, e rapu ana i tētahi taura. Ka kitea tētahi. Ka tīmata ia ki te here i te waha o te pēke taretare kua kī rawa—kātahi ka makere ngā mea katoa o roto ki runga i te papa.*)

MĀNU: Pōkokohua! Kai a te kurī!

(*Ka whati tana reo: kua tata tangi hoki.*

(*Ka tarapeke a* ŌWENA *ki runga.*)

ŌWENA: Taihoa. He pēke tāku kei runga.

(*Ka oma ia ki te papa tuarua. Ka tatari a* HERA *kia wehe a* ŌWENA.)

HERA: Mānu . . . Mānu, kua . . .

(*E rongo ana a* MĀNU *i a* HERA *engari kāore ia e tahuri atu. E kohikohi ana ia i ana hanga.*

(*Ka puta mai anō a* ŌWENA *me te pēke i a ia i tōna taenga mai.*)

ŌWENA: Haria tēnei nā—kāore he take ki a au. I tōna tikanga, kāore e mākū a roto i te ua.

(*Ka whaoria e* MĀNU *ana hanga iti nei ki roto i te pēke. Ka hoki a* ŌWENA *ki tāna mahi. Kua oti te pōkai pēke ināianei.*)

MĀNU: Ka roa tonu tō noho i konei? Ka kotahi wiki, rua wiki rānei, nē?

ŌWENA: Āe.

MĀNU: Kāore koe e wehe tahi me te ope hōia?

ŌWENA: Kāore anō kia tau ōku whakaaro. He aha ai?

MĀNU: Ka hoki mai ngā tāngata o Inis Meadhon rā ki te kimi i te take i kore ai au e puta atu. Kīia atu—kīia atu māku rātou e tuhi ka taea ana e au. Kīia atu kei te pīrangi tonu ahau ki te mahi rā, engari ka toru, ka whā marama rānei, kātahi au ka wātea ki te haere atu.

ŌWENA: Kei te heahea katoa koe, Mānu.

MANUS: Will you do that for me?

OWEN: Clear out now and Lancey'll think you're involved somehow.

MANUS: Will you do that for me?

OWEN: Wait a couple of days even. You know George—he's a bloody romantic—maybe he's gone out to one of the islands and he'll suddenly reappear tomorrow morning. Or maybe the search party'll find him this evening lying drunk somewhere in the sandhills.

You've seen him drinking that poteen—doesn't know how to handle it. Had he drink on him last night at the dance?

MANUS: I had a stone in my hand when I went out looking for him—I was going to fell him. The lame scholar turned violent.

OWEN: Did anybody see you?

MANUS: (*Again close to tears.*) But when I saw him standing there at the side of the road—smiling—and her face buried in his shoulder—I couldn't even go close to them. I just shouted something stupid—something like, 'You're a bastard, Yolland.' If I'd even said it in English . . . 'cos he kept saying 'Sorry-sorry?' The wrong gesture in the wrong language.

OWEN: And you didn't see him again?

MANUS: 'Sorry?'

OWEN: Before you leave tell Lancey that—just to clear yourself.

MANUS: What have I to say to Lancey? You'll give that message to the islandmen?

OWEN: I'm warning you: run away now and you're bound to be . . .

MANUS: (*To* SARAH.) Will you give that message to the

146

MĀNU: Ka pērā koe?

ŌWENA: Ki te wehe koe ināianei ka mahara a Rānahi i whai wāhi atu koe.

MĀNU: Ka pērā rānei koe?

ŌWENA: Taihoa kia ruarua rā atu anō. Kei te mōhio koe ki a Hōri—he tangata pōhewa hoki—tērā pea kua puta ia ki tētahi o ngā moutere, ā, ā te ata āpōpō ka puta noa mai anō. Tērā rānei ka kitea ia e te hunga e rapu haere ana i a ia e takoto haurangi ana i hea rā i ngā tāhuahua. Kua kite koe i a ia e inu ana i te waikōhua rā—kāore ia e mōhio ana ki te haurangi. I inu rānei ia inapō i te kanikani?

MĀNU: He kōhatu i tōku ringaringa i taku haerenga atu ki te rapu i a ia—i te mea rā ahau ki te patu i a ia. Kua huri te tangata mātauranga e hape nei te waewae ki te patu tangata.

ŌWENA: I kitea rānei koe e tētahi?

MĀNU: (*Kua tata tangi anō.*) Engari i taku kitenga i a ia e tū ana i te taha o te rori—e menemene ana—ā, e tau ana i tōna pokohiwi te kanohi o Moera—kāore au i kaha ki te whakatata atu ki a rāua. I hāparangi noa atu te waha i ētahi kupu heahea—pēnei i te, 'Pōkokohua koe, Hōrani.' Me i kōrerotia atu ki te reo Ingarihi . . . 'nā te mea i rite tonu tana kī mai 'He aha-he aha?' I hē te tuone, i hē anō te reo.

ŌWENA: Nā, kāore koe i kite anō i a ia?

MĀNU: 'He aha?'

ŌWENA: I mua i tō wehenga, me whāki atu koe ki a Rānahi—kia wātea ai koe.

MĀNU: He aha hei kōrero māku ki a Rānahi? Māu taua kōrero rā e kī atu ki ngā mea o te moutere?

ŌWENA: He whakatūpato tēnei: ki te oma koe ināianei, kāore e kore ka . . .

MĀNU: (*Ki a* HERA.) Māu te kōrero rā e tuku ki ngā

Inis Meadhon men?

SARAH: I will.

(MANUS *picks up an old sack and throws it across his shoulders*.)

OWEN: Have you any idea where you're going?

MANUS: Mayo, maybe. I remember Mother saying she had cousins somewhere away out in the Erris Peninsula. (*He picks up his bag*.) Tell father I took only the Virgil and the Caesar and the Aeschylus because they're mine anyway—I bought them with the money I got for that pet lamb I reared—do you remember that pet lamb? And tell him that Nora Dan never returned the dictionary and that she still owes him two-and-six for last quarter's reading—he always forgets those things.

OWEN: Yes.

MANUS: And his good shirt's ironed and hanging up in the press and his clean socks are in the butter-box under the bed.

OWEN: Alright.

MANUS: And tell him I'll write.

OWEN: If Maire asks where you've gone . . . ?

MANUS: He'll need only half the amount of milk now, won't he? Even less than half—he usually takes his tea black. (*Pause*.) And when he comes in at night—you'll hear him; he makes a lot of noise—I usually come down and give him a hand up. Those stairs are dangerous without a banister. Maybe before you leave you'd get Big Ned Frank to put up some sort of a handrail. (*Pause*.) And if you can bake, he's very fond of soda bread.

tāngata o Inis Meadhon?

HERA: Āe, māku.

(*Ka tiki atu a MĀNU i tētahi pēke tawhito, tākawe ai ki ōna pokohiwi.*)

ŌWENA: E haere ana koe ki hea rā?

MĀNU: Ki Māio, pea. E maumahara ana ahau ki te kōrero a Māmā he huānga ōna kei te takiwā rā o Te Kūrae o Ērihi. (*Ka tiki ake ia i tāna pēke.*) Kīia atu a pāpā kua hari noa iho ahau i te Whēkoro, te Hīha me te Īherīhi nā te mea nāku kē—nāku i hoko ki te moni i homai mō te reme rarata rā nāku i whāngai—kei te maumahara koe ki taua reme rarata? Waihoki, kīia atu ia kāore a Nōra Tāne i whakahoki mai i te papakupu, ā, kei te nama tonu ia ki a ia, e rua herengi me te hikipene mō ngā akoranga pānui i tērā wāhanga ako—he rite tonu tana wareware ki aua mea rā.

ŌWENA: Āe.

MĀNU: Kua haeanatia hoki tana hāte pai, e iri ana i te perehi, ā, kei te pouaka pata kei raro i te moenga ōna tōkena mā.

ŌWENA: Ka pai.

MĀNU: Kīia atu māku ia e tuhi.

ŌWENA: Ina pātai mai a Moera kua haere koe ki hea . . . ?

MĀNU: Kia haurua noa iho o te miraka māna ināianei, nē? Kia iti iho i te haurua—he tī pango māna i te nuinga o te wā. (*Ka ngū.*) Nā, kia hoki mai ia i te pō—ka rongo koe i a ia; he hoihoi hoki—ka heke mai au i te nuinga o te wā ki te āwhina i a ia ki te piki ki runga. He mōrearea ngā arapiki i te korenga o tētahi puringa ringa. I mua pea i tō wehenga, ka tono koe i a Pīki Neti Paraki ki te whakatika i tētahi tūmomo puringa ringa. (*Ka ngū.*) Nā, me he mōhio koe ki te taka kai, he rawe ki a ia te parāoa hōura.

OWEN: I can give you money. I'm wealthy. Do you know what they pay me? Two shillings a day for this—this—this—

(MANUS *rejects the offer by holding out his hand.*)

Goodbye, Manus.

(MANUS *and* OWEN *shake hands.*

Then MANUS *picks up his bag briskly and goes towards the door. He stops a few paces beyond* SARAH, *turns, comes back to her. He addresses her as he did in Act One but now without warmth or concern for her.*)

MANUS: What is your name? (*Pause.*) Come on. What is your name?

SARAH: My name is Sarah.

MANUS: Just Sarah? Sarah what? (*Pause.*) Well?

SARAH: Sarah Johnny Sally.

MANUS: And where do you live? Come on.

SARAH: I live in Bun na hAbhann. (*She is now crying quietly.*)

MANUS: Very good, Sarah Johnny Sally. There's nothing to stop you now—nothing in the wide world. (*Pause. He looks down at her.*) It's alright—it's alright—you did no harm—you did no harm at all. (*He stoops over her and kisses the top of her head—as if in absolution. Then briskly to the door and off.*)

OWEN: Good luck, Manus!

SARAH: (*Quietly*) I'm sorry . . . I'm sorry . . . I'm so sorry, Manus . . .

(OWEN *tries to work but cannot concentrate. He begins folding up the map. As he does.*)

OWEN: Is there class this evening?

ŌWENA: Māku e hoatu ētahi moni māu. He moni āku. E mōhio ana koe ki te nui o tā rātou utu mai i a au? E rua herengi i te rā mō tēnei—tēnei—tēnei—

(*Ka whakahē a* MĀNU *i te moni mā te whakatū i tana ringa.*)

Haere rā, Mānu.

(*Ka harirū a* MĀNU *rāua ko* ŌWENA.

Ka tere tiki atu a MĀNU *i tana pēke, ka ahu atu ki te kūaha. Ka tū ia i tua iti atu i a* HERA, *ka huri, ka hoki atu ia ki a ia. He pēnei te āhua o tana kōrero ki a ia i tērā i Te Upoko Tuatahi, engari kaua i runga i te aroha, i te whakaaro nui rānei ki a ia.*)

MĀNU: Ko wai tō ingoa? (*Ka ngū.*) Kia tere. Ko wai tō ingoa?

HERA: Ko Hera tōku ingoa.

MĀNU: Ko Hera noa iho? Hera wai? (*Ka ngū.*) Kōrero!

HERA: Ko Hera Hoani Hiria.

MĀNU: Nā, kei hea koe e noho ana? Kōrero.

HERA: Kei Bun na hAbhann ahau e noho ana. (*Kua tangi mōhū a* HERA *ināianei.*)

MĀNU: Tino pai, Hera Hoani Hiria. Kāore he aha hei ārai i a koe ināianei—kāore he aha i te ao whānui nei. (*Ka ngū. Ka titiro iho a* MĀNU *ki a* HERA.) E pai ana—e pai ana—kāore ō hara—karekau ō hara. (*Ka tūpou atu ia ki te kihi i tōna timuaki—ānō e muru ana i ōna hara. Ka tere tana haere ki te kūaha, kātahi ia ka wehe.*)

ŌWENA: Kia kaha, Mānu!

HERA: (*E kōrero mōhū ana.*) Mō taku hē . . . mō taku hē . . . mō taku hē, Mānu . . .

(*E ngana ana a* ŌWENA *ki te mahi, engari kua warea ōna whakaaro. Ka tahuri ia ki te whātui i te mahere. I a ia e pērā ana.*)

ŌWENA: He akoranga i tēnei pō?

(SARAH *nods: yes.*)

I suppose Father knows. Where is he anyhow?

(SARAH *points.*)

Where?

(SARAH *mimes rocking a baby.*)

I don't understand—where?

(SARAH *repeats the mime and wipes away tears.* OWEN *is still puzzled.*)

It doesn't matter. He'll probably turn up.

(BRIDGET *and* DOALTY *enter, sacks over their heads against the rain. They are self-consciously noisier, more ebullient, more garrulous than ever—brimming over with excitement and gossip and brio.*)

DOALTY: You're missing the crack, boys! Cripes, you're missing the crack! Fifty more soldiers arrived an hour ago!

BRIDGET: And they're spread out in a big line from Sean Neal's over to Lag and they're moving straight across the fields towards Cnoc na nGabhar!

DOALTY: Prodding every inch of the ground in front of them with their bayonets and scattering animals and hens in all directions!

BRIDGET: And tumbling everything before them—fences, ditches, haystacks, turf-stacks!

DOALTY: They came to Barney Petey's field of corn— straight through it be God as if it was heather!

BRIDGET: Not a blade of it left standing!

DOALTY: And Barney Petey just out of his bed and running after them in his drawers: 'You hoors you! Get out of my corn, you hoors you!'

(*Ka tungou a* HERA: *āe.*)

Kua mōhio pea a Pāpā. Kei hea ia?

(*Ka tohu te ringa o* HERA.)

Kei hea?

(*Ka whakatau atu a* HERA *e hikihiki ana ia i tētahi pēpi.*)

Kāore au i te mārama—kei hea rā?

(*Ka tuarua a* HERA *i tana whakatau, ka muku atu hoki ia i ngā roimata. Kei te pōrauraha tonu a* ŌWENA.)

Hei aha atu. Kāore e kore ka puta mai ia.

(*Ka tomo mai a* PIRITA *rāua ko* TOATI, *kei runga i ō rāua upoko ētahi pēke hei ārai i te ua. Kua hoihoi ake rāua, me tō rāua mōhio hoki e pērā ana rāua, kua hihiko ake, kua kaha ake hoki tā rāua kōrero—e puhapuha ana te manamanahau, te ngutungutu me te ngangahau i roto i a rāua.*)

TOATI: E hoa mā, kei waho te ngahau! Kei waho kē te ngahau! E rima tekau anō ngā hōia kua tae mai, kotahi hāora i mua ake nei!

PIRITA: E horahora ana tā rātou rārangi mai, atu i tō Hone Nīra tae atu ki Lag, ā, e whakawhiti tika ana rātou i ngā pārae, ahu atu ki Croc na nGabhar!

TOATI: E werowero ana rātou i ia moka o te whenua kei mua i a rātou ki ā rātou pēneti, me te aha, marara tērā ngā kararehe me ngā heihei ki wīwī, ki wāwā!

PIRITA: Waihoki, e turaturaki atu ana rātou i ngā mea katoa kei mua i a rātou—i ngā taiapa, ngā awarua, ngā putunga hei me ngā putunga rei!

TOATI: I tae rātou ki te māra kānga a Paranī Pīti—takahia tonutia atu, e tama, ānō he putiputi!

PIRITA: Kua pāraharaha katoa!

TOATI: Kātahi anō a Paranī Pīti ka maranga, ā, kei te whaiwhai atu i a rātou e mau noa iho ana tana tarau roto: 'Taurekareka, koutou! E puta i taku māra kānga, taurekareka!'

153

BRIDGET: First time he ever ran in his fife.

DOALTY: Too lazy, the wee get, to cut it when the weather was good.

(SARAH *begins putting out the seats*.)

BRIDGET: Tell them about Big Hughie.

DOALTY: Cripes, if you'd seen your aul fella, Owen.

BRIDGET: They were all inside in Anna na mBreag's pub— all the crowd from the wake—

DOALTY: And they hear the commotion and they all come out to the street—

BRIDGET: Your father in front; the Infant Prodigy footless behind him!

DOALTY: And your aul fella, he sees the army stretched across the countryside—

BRIDGET: O my God!

DOALTY: And Cripes he starts roaring at them!

BRIDGET: 'Visigoths! Huns! Vandals!'

DOALTY: 'Ignari! Stulti! Rustici!'

BRIDGET: And wee Jimmy Jack jumping up and down and shouting, 'Thermopylae! Thermopylae!'

DOALTY: You never saw crack like it in your life, boys. Come away on out with me, Sarah, and you'll see it all.

BRIDGET: Big Hughie's fit to take no class. Is Manus about?

OWEN: Manus is gone.

BRIDGET: Gone where?

OWEN : He's left—gone away.

DOALTY: Where to?

OWEN: He doesn't know. Mayo, maybe.

DOALTY: What's on in Mayo?

OWEN: (*To* BRIDGET.) Did you see George and Maire Chatach leave the dance last night?

BRIDGET: We did. Didn't we, Doalty?

PIRITA: Ko tana omanga tuatahitanga tērā i tōna ao.

TOATI: He māngere rawa nō te tāhae rā, kāore i tapahia i te wā e paki ana te rā.

(*Ka tīmata a HERA ki te whakarite i ngā tūru.*)

PIRITA: Kōrero atu ki a rātou mō Pīki Hūihi.

TOATI: E hika, me i kite koe i tō pāpā, Ōwena.

PIRITA: Ko rātou katoa i roto i tō Ani Horihori pāparakāuta—ko te hunga i te uhunga—

TOATI: Ka rongo rātou i te tutūnga mai o te puehu, kātahi rātou ka puta katoa mai ki te tiriti—

PIRITA: Ko tō pāpā i mua tonu; i muri i a ia ko te Punua Ihumanea e hūrorirori ana!

TOATI: Ā, ko tō pāpā, ka kite ia i te ope hōia e rārangi mai ana i runga i te mata o te whenua—

PIRITA: Kātahi rā!

TOATI: Haruru ana tana waha!

PIRITA: 'Tāhae! Whānako! Kaiā!'

TOATI: *'Ignari! Stulti! Rustici!'*

PIRITA: Tarapekepeke ana a Timi Tiaki me te hāparangi anō, 'Thermopylae! Thermopylae!'

TOATI: Te mutunga kē mai nei o te whakangahau, e kare mā. Haere mai tātou, e Hera, kia kite ai koe.

PIRITA: Kāore a Pīki Hūihi e tika ki te whakahaere i te akoranga. Kei konei a Mānu?

ŌWENA: Kua haere a Mānu.

PIRITA: Ki hea?

ŌWENA: Kua wehe ia—kua riro ki wāhi kē.

TOATI: Ki hea rā?

ŌWENA: Kāore ia i te mōhio. Ki Māio pea.

TOATI: He aha oti kei Māio?

ŌWENA: (*Ki a PIRITA.*) I kite rānei koe i a Hōri rāua ko Moera Māwhatu e wehe ana i te kanikani inapō?

PIRITA: Ehara. I kite tāua, nē Toati?

OWEN: Did you see Manus following them out?

BRIDGET: I didn't see him going out but I saw him coming in by himself later.

OWEN: Did George and Maire come back to the dance?

BRIDGET: No.

OWEN: Did you see them again?

BRIDGET: He left her home. We passed them going up the back road—didn't we, Doalty?

OWEN: And Manus stayed till the end of the dance?

DOALTY: We know nothing. What are you asking us for?

OWEN: Because Lancey'll question me when he hears Manus's gone.

(*Back to* BRIDGET.) That's the way George went home? By the back road? That's where you saw him?

BRIDGET: Leave me alone, Owen. I know nothing about Yolland. If you want to know about Yolland, ask the Donnelly twins.

(*Silence.* DOALTY *moves over to the window.*)

(*To* SARAH.) He's a powerful fiddler, O'Shea, isn't he? He told our Seamus he'll come back for a night at Hallowe'en.

(OWEN *goes to* DOALTY *who looks resolutely out the window.*)

OWEN: What's this about the Donnellys? (*Pause.*) Were they about last night?

DOALTY: Didn't see them if they were. (*Begins whistling through his teeth.*)

OWEN: George is a friend of mine.

DOALTY: So.

OWEN: I want to know what's happened to him.

DOALTY: Couldn't tell you.

OWEN: What have the Donnelly twins to do with it? (*Pause.*)

ŌWENA: I kite rānei kōrua i a Mānu e whai atu ana i a rāua?

PIRITA: Kāore au i kite i a ia e puta atu ana, engari i kitea ia
e hoki takitahi mai ana i muri mai.

ŌWENA: I hoki mai anō a Hōri rāua ko Moera ki te
kanikani?

PIRITA: Kāo.

ŌWENA: I kite anō koe i a rāua?

PIRITA: I waiho ia i a Moera ki te kāinga. I hipa māua i a
rāua e haere ana i te rori o muri—nē rā, Toati?

ŌWENA: I noho tonu mai a Mānu ā mutu noa te kanikani?

TOATI: Kāore māua i te mōhio. He aha koe e pātai mai nā?

ŌWENA: Nā te mea ka ui mai a Rānahi i a au kia rongo rā ia
kua haere a Mānu.
(*Ka hoki anō ki a* PIRITA.) Ko te ara tēnā i hoki ai a Hōri
ki te kāinga? Mā te rori o muri? I kitea ia i reira?

PIRITA: Waiho ahau, Ōwena. Kāore au i te paku mōhio mō
Hōrani. Mehemea koe kei te hiahia mōhio mō Hōrani,
pātaitia ngā māhanga Tōnore.
(*Ka ngū. Ka haere atu a* TOATI *ki te matapihi tū ai.*)
(*Ki a* HERA.) Auahi ana te whakatangi a Ōhea i te whira,
nē? I mea ia ki a Haimi ka hoki mai ia i tētahi pō i te
Harowīni.
(*Ka haere atu a* ŌWENA *ki a* TOATI *e titiro māhoi atu
ana i te matapihi.*)

ŌWENA: He aha te kōrero mō ngā Tōnore? (*Ka ngū.*) I puta
mai rāua inapō?

TOATI: Kāore au i te kite i a rāua. (*Kua tīmata a* TAOTI *ki te
whiowhio.*)

ŌWENA: He hoa a Hōri nōku.

TOATI: Kia ahatia.

ŌWENA: Kei te hiahia mōhio ahau kua ahatia ia.

TOATI: Kāore au i te mōhio.

ŌWENA: He aha te pānga ki ngā māhanga Tōnore? (*Ka

157

Doalty!

DOALTY: I know nothing, Owen—nothing at all—I swear to God. All I know is this: on my way to the dance I saw their boat beached at Port. It wasn't there on my way home, after I left Bridget. And that's all I know. As God's my judge.

The half-dozen times I met him I didn't know a word he said to me; but he seemed a right enough sort . . . (*With sudden excessive interest in the scene outside.*) Cripes, they're crawling all over the place!

Cripes, there's millions of them! Cripes, they're levelling the whole land!

(OWEN *moves away.*

MAIRE *enters. She is bareheaded and wet from the rain; her hair in disarray. She attempts to appear normal but she is in acute distress, on the verge of being distraught. She is carrying the milk-can.*)

MAIRE: Honest to God, I must be going off my head. I'm half-way here and I think to myself, 'Isn't this can very light?' and I look into it and isn't it empty.

OWEN: It doesn't matter.

MAIRE: How will you manage for tonight?

OWEN: We have enough.

MAIRE: Are you sure?

OWEN: Plenty, thanks.

MAIRE: It'll take me no time at all to go back up for some.

OWEN: Honestly, Maire.

MAIRE: Sure it's better you have it than that black calf that's . . . that . . . (*She looks around.*) Have you heard anything?

ngū.) Toati!

TOATI: Kāore au i te mōhio, Ōwena—kāore au i te paku mōhio—pono. Heoi anō tāku e mōhio nei: i taku haerenga atu ki te kanikani i kite au i tō rāua poti kua ū ki uta i Te Pōta. Kāore i reira i taku hokinga ki te kāinga, i muri iho i taku whakarere i a Pirita. Koirā noa iho tāku e mōhio nei. Ko te Atua anō e mōhio.

I ngā tūtakitanga ruarua nei ki a ia, tē aro i a au he aha āna kupu mai ki a au; engari he tangata pai tonu te āhua nei . . . (*Kātahi tonu nei ka tino kaha rawa atu tana aro ki ngā mahi kei waho.*) E hika, e ngōki wharara ana rātou i te nuku o te whenua!

E hika, e hia ake nei manomano rātou! E tama, pāraharaha te whenua i a rātou!

(*Ka neke atu a* ŌWENA.

Ka tomo mai a MOERA. *Kāore ōna pōtae, ā, kua mākū ia i te ua; e parahutihuti ana hoki ōna makawe. E whai ana ia kia tika tōna āhua, engari e āwangawanga tārū ana ia, kua tata keka hoki. E hari ana ia i te kēne miraka.*)

MOERA: Kia pono au, kei te hē haere pea ōku rā. Kua tata tonu mai au ki konei, kātahi au ka mahara ake, 'Kia māmā mai hoki te kēne nei,' ā, ka titiro iho ki roto, ha, e pōaha mai ana.

ŌWENA: Hei aha atu.

MOERA: He aha hei inu māu i te pō nei?

ŌWENA: He miraka kei konei.

MOERA: Nē?

ŌWENA: Āe, ka nui. Kia ora.

MOERA: E kore e roa ka hoki atu ahau ki te tiki i ētahi.

ŌWENA: E pai ana, Moera.

MOERA: He pai ake kia riro i a koe, tēnā i te kāwhe mangumangu rā e . . . e . . . (*Ka tirotiro haere ia.*) Kua rongo kōrero koe?

OWEN: Nothing.

MAIRE: What does Lancey say?

OWEN: I haven't seen him since this morning.

MAIRE: What does he *think*?

OWEN: We really didn't talk. He was here for only a few seconds.

MAIRE: He left me home, Owen. And the last thing he said to me—he tried to speak in Irish—he said, 'I'll see you yesterday'—he meant to say 'I'll see you tomorrow.' And I laughed that much he pretended to get cross and he said 'Maypoll! Maypoll!' because I said that word wrong. And off he went, laughing—laughing, Owen! Do you think he's alright? What do *you* think?

OWEN: I'm sure he'll turn up, Maire.

MAIRE: He comes from a tiny wee place called Winfarthing. (*She suddenly drops on her hands and knees on the floor—where* OWEN *had his map a few minutes ago—and with her finger traces out an outline map.*) Come here till you see. Look. There's Winfarthing. And there's two other wee villages right beside it; one of them's called Barton Bendish—it's there; and the other's called Saxingham Nethergate—it's about there. And there's Little Walsingham—that's his mother's townland. Aren't they odd names? Sure they make no sense to me at all. And Winfarthing's near a big town called Norwich. And Norwich is in a county called Norfolk. And Norfolk is in the east of England. He drew a map for me on the wet strand and wrote the names on it. I have it all in my head now: Winfarthing—Barton Bendish—Saxingham

ŌWENA: Karekau.

MOERA: He aha te kōrero a Rānahi?

ŌWENA: Kāore anō au kia kite i a ia mai i te ata nei.

MOERA: He pēwhea ōna whakaaro?

ŌWENA: Kāore māua i tino kōrero. I poto noa iho tana noho mai.

MOERA: I waiho mai ia i a au i te kāinga, Ōwena. Nā, ko tana kupu whakamutunga ki a au—i ngana ia ki te kōrero Airihi—ka mea ia, 'Ka kite au i a koe inanahi'—heoi anō tāna i mea rā 'Ka kite au i a koe āpōpō.' I pērā rawa te kaha o taku kata i whakataruna ia i te riri mai ia, ā, ka mea mai 'Maypoll! Maypoll! nā te mea i hē anō taku whakahua i taua kupu. Kātahi ia ka wehe, e katakata ana—e katakata ana, Ōwena! Kei te pai rānei ia? He pēwhea ō whakaaro?

ŌWENA: Kāore e kore ka puta mai ia, Moera.

MOERA: Nō tētahi wāhi pakupaku noa iho ia e karangahia ana ko Winiwhātingi. (*Ka heke whakarere ia ki ana turi, ko ana ringaringa kei te papa—kei te wāhi i reira rā te mahere a ŌWENA i mua tata ake nei—ka tāwhai ia i te tapa o tētahi mahere ki tōna matimati.*)

Haere mai kia kite ai koe. Titiro. Arā a Winiwhātingi. E rua anō ngā kāinga pakupaku e tata ana; e karangahia ana tētahi ko Pātona Penerīhi—arā; ā, ko tērā atu e karangahia ana ko Hakingahama Nīrakēti—kei tēnei takiwā nei. Arā a Wātingihama-iti—koirā te kāinga o tōna whaea. Kia rerekē hoki ngā ingoa, nē? Tē aro i a au he aha ngā tikanga o ngā ingoa. E tata ana Winiwhātingi ki tētahi tāone nui ko Nōwiti te ingoa, ā, kei tētahi whaitua ko Nōwhaka te ingoa o te tāone o Nōwiti. Waihoki, kei te rāwhiti o Ingarahi a Nōwhaka. I tā ia i tētahi mahere i te oneone mākū me te tuhi atu i ngā ingoa. Kei roto katoa i aku mahara ināianei: Ko Winiwhātingi—ko Pātona Penerīhi—ko Hakingahama Nīrakēti—ko Wātingihama-iti—ko

161

Nethergate—Little Walsingham—Norwich—Norfolk. Strange sounds, aren't they? But nice sounds; like Jimmy Jack reciting his Homer.

(*She gets to her feet and looks around; she is almost serene now. To* SARAH.) You were looking lovely last night, Sarah. Is that the dress you got from Boston? Green suits you.

(*To* OWEN.) Something very bad's happened to him, Owen. I know. He wouldn't go away without telling me. Where is he, Owen?

You're his friend—where is he? (*Again she looks around the room; then sits on a stool.*)

I didn't get a chance to do my geography last night. The master'll be angry with me. (*She rises again.*)

I think I'll go home now. The wee ones have to be washed and put to bed and that black calf has to be fed . . .

My hands are that rough; they're still blistered from the hay. I'm ashamed of them. I hope to God there's no hay to be saved in Brooklyn.

(*She stops at the door.*) Did you hear? Nellie Ruadh's baby died in the middle of the night. I must go up to the wake. It didn't last long, did it?

(MAIRE *leaves. Silence. Then.*)

OWEN: I don't think there'll be any class. Maybe you should
     . . .

(OWEN *begins picking up his texts,* DOALTY *goes to him.*)

DOALTY: Is he long gone?—Manus.

OWEN: Half an hour.

DOALTY: Stupid bloody fool.

OWEN: I told him that.

DOALTY: Do they know he's gone?

Nōwiti—ko Nōwhaka. He rerekē te tangi o ngā oro, nē?
Engari he reka tonu; pēnei i tā Timi Tiaki kauwhau mai i a
Hauma.
(*Ka tū ake ia, tirotiro ai, kua mauri tau tonu ia ināianei.
Ki a* HERA.) I te tino tōrire tō āhua inapō, e Hera. Ko te
panekoti tērā nō Pohitana? Tau ana te kākāriki i runga i a
koe.
(*Ki a* ŌWENA.) Kua aituā ia, Ōwena. Kei te mōhio ahau.
E kore ia e wehe me te kore i kī mai. Kei hea ia e ngaro
ana, Ōwena?
Ko koe tōna hoa—kei hea ia? (*Ka tirotiro anō ia i te rūma;
kātahi ia ka noho i te tūru.*)
Kāore au i whai wā ki te ako i te mātai matawhenua inapō.
Ka rīria mai ahau e te māhita. (*Ka ara anō ia.*)
Ka hoki pea au ki te kāinga ināianei. Me horoi, me
whakamoe hoki ngā nohinohi, ā, me whāngai hoki te
kāwhe mangumangu . . .
He pērā rawa te kaha o te raupā o aku ringa, e kōpūpū
tonu ana nā te mahi hei. Kua whakamā ahau i aku ringa. E
inoi ana ahau kāore he hei hei mahi māku i Purukirina.
(*Ka tū ia i te kūaha.*) I rongo rānei koe? I mate te pēpi a
Neri Rauwhero i te weheruatanga o te pō. Me haere au ki
te uhunga. Kāore i tino roa, nē hā?
(*Ka wehe a* MOERA. *E ngū ana.*)

ŌWENA: Ko te āhua nei, kāore he akoranga. Ākuanei pea
me . . .
(*Ka tahuri a* ŌWENA *ki te kohikohi i ana tuhinga. Ka
haere a* TOATI *ki a ia.*)

TOATI: Kua wehe noa atu ia?—a Mānu.

ŌWENA: Kua haurua hāora.

TOATI: Kātahi nā te heahea!

ŌWENA: Koinā hoki tāku ki a ia.

TOATI: Kei te mōhio rātou kua ngaro ia?

OWEN: Who?

DOALTY: The army.

OWEN: Not yet.

DOALTY: They'll be after him like bloody beagles. Bloody, bloody fool, limping along the coast. They'll overtake him before night for Christ's sake.

(DOALTY *returns to the window,* LANCEY *enters—now the commanding officer.*)

OWEN: Any news? Any word?

(LANCEY *moves into the centre of the room, looking around as he does.*)

LANCEY: I understood there was a class. Where are the others?

OWEN: There was to be a class but my father . . .

LANCEY: This will suffice. I will address them and it will be their responsibility to pass on what I have to say to every family in this section.

(LANCEY *indicates to* OWEN *to translate,* OWEN *hesitates, trying to assess the change in* LANCEY's *manner and attitude.*)

I'm in a hurry, O'Donnell.

OWEN: The captain has an announcement to make.

LANCEY: Lieutenant Yolland is missing. We are searching for him. If we don't find him, or if we receive no information as to where he is to be found, I will pursue the following course of action. (*He indicates to* OWEN *to translate.*)

OWEN: They are searching for George. If they don't find him—

LANCEY: Commencing twenty-four hours from now we will shoot all livestock in Ballybeg.

(OWEN *stares at* LANCEY.)

At once.

OWEN: Beginning this time tomorrow they'll kill every

ŌWENA: A wai?

TOATI: Te ope hōia?

ŌWENA: Kāore anō.

TOATI: Ka aruaru rātou i a ia pēnei i te ihu kurī. Kātahi nā te roro more, e totitoti ana i te tahatika. Kua hipa rātou i a ia i mua i te taunga mai o te po, e hika e.

(*Ka hoki a* TOATI *ki te matapihi. Ka tomo mai a* RĀNAHI—*kua tū mai hei āpiha matua ināianei.*)

ŌWENA: Kua puta he kōrero?

(*Ka haere a* RĀNAHI *ki waengapū o te rūma, e tirotiro ana, he pērā tāna mahi.*)

RĀNAHI: Ki taku mōhio, ka tū he akoranga. Kei hea ētahi atu?

ŌWENA: I tōna tikanga ka tū he akoranga, engari tōku pāpā kua . . .

RĀNAHI: Ka nui tēnei. Māku rātou e kōrero, ā, ka riro mā rātou e tuku atu tāku e kī nei ki ia whānau i tēnei takiwā.

(*Ka tohu a* RĀNAHI *i a* ŌWENA, *māna e whakamāori. E horokukū ana a* ŌWENA, *e mātai ana ia i te huringa o te āhua me te waiaro o* RĀNAHI.)

E whāwhai ana ahau, Ōtānara.

ŌWENA: He pānui tā te kāpene.

RĀNAHI: Kua ngaro a Rūtene Hōrani. E rapu ana mātou i a ia. Ki te kore ia e kitea, ki te kore rānei e tae mai he kōrero mō te wāhi e kitea ai ia, koinei tāku e mahi ai. (*Ka tohu a* RĀNAHI *i a* ŌWENA, *māna e whakamāori.*)

ŌWENA: Kei te rapu rātou i a Hōri. Ki te kore rātou e kite i a ia—

RĀNAHI: E rua tekau mā whā hāora atu i tēnei wā nei, ka puhi mātou i ngā kararehe katoa i Parepēke.

(*Ka titiro mākutu a* ŌWENA *ki a* RĀNAHI.)

Ināianei.

ŌWENA: Āpōpō, hei tēnei wā tonu ka patu rātou i ia

animal in Baile Beag—unless they're told where George is.

LANCEY: If that doesn't bear results, commencing forty-eight hours from now we will embark on a series of evictions and levelling of every abode in the following selected areas—

OWEN: You're not—!

LANCEY: Do your job. Translate.

OWEN: If they still haven't found him in two days' time they'll begin evicting and levelling every house starting with these townlands.

(LANCEY *reads from his list.*)

LANCEY: Swinefort.

OWEN: Lis na Muc.

LANCEY: Burnfoot.

OWEN: Bun na hAbhann.

LANCEY: Dromduff.

OWEN Druim Dubh.

LANCEY: Whiteplains.

OWEN: Machaire Ban.

LANCEY: Kings Head.

OWEN: Cnoc na Ri.

LANCEY: If by then the lieutenant hasn't been found, we will proceed until a complete clearance is made of this entire section.

OWEN: If Yolland hasn't been got by then, they will ravish the whole parish.

LANCEY: I trust they know exactly what they've got to do. (*Pointing to* BRIDGET.) I know you. I know where you live.

(*Pointing to* SARAH.) Who are you? Name!

(SARAH'S *mouth opens and shuts, opens and shuts. Her face becomes contorted.*)

kararehe i Baile Beag nei—ki te kore rātou e kīia atu kei hea a Hōri.

RĀNAHI: Ki te kore e puta he hua i tēnā, e whā tekau mā waru hāora atu i tēnei wā nei, ka tīmata mātou ki te pana haere i ngā tāngata me te turaki i ngā whare katoa i ngā wāhi e whai nei—

ŌWENA: E kore koe e—!

RĀNAHI: Mahia atu tāu nā mahi. Whakamāorihia.

ŌWENA: Ki te kore tonu ia e kitea i roto i ngā rā e rua rā, ka tīmata rātou ki te pana tangata me te turaki i ngā whare katoa, tīmata mai i ēnei papakāinga.

(*Ka pānui a* RĀNAHI *i tana rārangi.*)

RĀNAHI: Pāpoaka.

ŌWENA: Lis na Muc.

RĀNAHI: Pūtuwera.

ŌWENA: Bun na hAbhann.

RĀNAHI: Toromutuwhe.

ŌWENA: Druim Dubh.

RĀNAHI: Māniatea.

ŌWENA: Machaire Ban.

RĀNAHI: Tokaariki

ŌWENA: Cnoc na Ri.

RĀNAHI: Ki te kore tonu te rūtene e kitea hei tērā wā, ka tahuri mātou ki te monemone noa i tēnei takiwā katoa.

ŌWENA: Ki te kore a Hōrani e kitea hei tērā wā, ka pāhua rātou i te pāriha katoa.

RĀNAHI: E whakapono ana ahau kua mōhio rātou me aha rātou.

(*E tohu ana ki a* PIRITA.) Kei te mōhio ahau ki a koe. Kei te mōhio ahau kei hea koe e noho ana.

(*E tohu ana ki a* HERA.) Ko wai koe? Tō ingoa!

(*Ka hāmama noa iho te waha o* HERA. *Ka whakapī tōna mata.*)

What's your name?

(*Again* SARAH *tries frantically.*)

OWEN: Go on, Sarah. You can tell him.

(*But* SARAH *cannot. And she knows she cannot. She closes her mouth.*

Her head goes down.)

OWEN: Her name is Sarah Johnny Sally.

LANCEY: Where does she five?

OWEN: Bun na hAbhann.

LANCEY: Where?

OWEN: Burnfoot.

LANCEY: I want to talk to your brother—is he here?

OWEN: Not at the moment.

LANCEY: Where is he?

OWEN: He's at a wake.

LANCEY: What wake?

(DOALTY, *who has been looking out the window all through* LANCEY's *announcements, now speaks—calmly, almost casually.*)

DOALTY: Tell him his whole camp's on fire.

LANCEY: What's your name? (*To* OWEN.) Who's that lout?

OWEN: Doalty Dan Doalty.

LANCEY: Where does he live?

OWEN: Tulach Alainn.

LANCEY: What do we call it?

OWEN: Fair Hill. He says your whole camp is on fire.

(LANCEY *rushes to the window and looks out. Then he wheels on* DOALTY.)

LANCEY: I'll remember you, Mr Doalty. (*To* OWEN.) You carry a big responsibility in all this. (*He goes off.*)

168

Ko wai tō ingoa?

(*Ka ngana anō a* HERA *i runga i te manawawera.*)

ŌWENA: Kōrero, Hera. Kōrero atu ki a ia.

(*Engari kāore e taea e* HERA. *Kei te mōhio hoki ia kāore e taea e ia. Ka kapi tana waha. Ka koropiko tōna upoko.*)

ŌWENA: Ko Hera Hoani Hiria tōna ingoa.

RĀNAHI: Kei hea ia e noho ana?

ŌWENA: Kei Bun na hAbhan.

RĀNAHI: Kei hea?

ŌWENA: Kei Pūtuwera.

RĀNAHI: Kei te hiahia kōrero ahau ki tō tuakana—kei konei ia?

ŌWENA: Kāore i tēnei wā.

RĀNAHI: Kei hea kē ia?

ŌWENA: Kei tētahi uhunga.

RĀNAHI: Kei tēhea uhunga?

(*Ka huri mai a* TOATI, *i te titiro ia ki waho i te matapihi i te roanga o te pānui a* RĀNAHI, *ka āta kōrero mai ia.*)

TOATI: Kīia atu ia kei te kainga tōna hopuni katoa e te ahi.

RĀNAHI: Ko wai tō ingoa? (*Ki a* ŌWENA.) Ko wai te poroheahea rā?

ŌWENA: Ko Toati Tāne Toati.

RĀNAHI: Kei hea ia e noho ana?

ŌWENA: Kei Tulach Alainn.

RĀNAHI: He aha ki a mātou?

ŌWENA: Ko Puketaioma. I mea mai ia kei te wera tō hopuni katoa i te ahi.

(*Ka rere a* RĀNAHI *ki te matapihi, titiro atu ai ki waho. Kātahi ia ka huri ki a* TOATI.)

RĀNAHI: Ka maumahara ahau ki a koe, Mita Toati. (*Ki a* ŌWENA.) He nui te wāhi ki a koe i tēnei raruraru. (*Ka oma atu ia.*)

BRIDGET: Mother of God, does he mean it, Owen?

OWEN: Yes, he does.

BRIDGET: We'll have to hide the beasts somewhere—our Seamus'll know where. Maybe at the back of Lis na nGradh—or in the caves at the far end of the Tra Bhan. Come on, Doalty! Come on! Don't be standing about there!

(DOALTY *does not move.* BRIDGET *runs to the door and stops suddenly. She sniffs the air. Panic.*)

The sweet smell! Smell it! It's the sweet smell! Jesus, it's the potato blight!

DOALTY: It's the army tents burning, Bridget.

BRIDGET: Is it? Are you sure? Is that what it is? God, I thought we were destroyed altogether. Come on! Come on!

(*She runs off.* OWEN *goes to* SARAH *who is preparing to leave.*)

OWEN: How are you? Are you alright?

(SARAH *nods: Yes.*)

OWEN: Don't worry. It will come back to you again.

(SARAH *shakes her head.*)

OWEN: It will. You're upset now. He frightened you. That's all's wrong.

(*Again* SARAH *shakes her head, slowly, emphatically, and smiles at* OWEN. *Then she leaves.*

OWEN *busies himself gathering his belongings,* DOALTY *leaves the window and goes to him.*)

DOALTY: He'll do it, too.

OWEN: Unless Yolland's found.

DOALTY: Hah!

OWEN: Then he'll certainly do it.

DOALTY: When my grandfather was a boy they did the same thing.

(*Simply, altogether without irony.*) And after all the trouble

PIRITA: Ka aroha hoki, he pono tana kōrero, Ōwena?

ŌWENA: Āe, he pono.

PIRITA: Me huna tātou i ngā kararehe—ka mōhio a Haimi me huna ki hea. Ki muri pea i a Lis na nGradh—ki roto rānei i ngā ana kei te pito o Tra Bhan. Haere mai, Toati! Kia tere mai! Hei aha te tū tekoteko noa iho i konā!

(*Kāore a* TOATI *e neke. Ka oma a* PIRITA *ki te kūaha, kātahi ia ka tū. Ka hongi ia i te takiwā. Ka mauri rere ia.*)

Ehara, ko te kakara! Hongia! Ko te kakara tonu! E hika, ko te kōmae rīwai!

TOATI: Ko ngā tēneti hōia kē tērā e wera mai ana, Pirita.

PIRITA: Nē? He tika tāu? Koirā tāku e rongo nei? E tama, pēnei au kua tino hemo katoa tātou. Haere mai! Hoake!

(*Ka oma atu ia. Ka haere a* ŌWENA *ki a* HERA *e whakatika ana ki te haere.*)

ŌWENA: Kei te pēhea koe? Kei te pai?

(*Ka tungou a* HERA: *Āe.*)

ŌWENA: Kaua e māharahara. Ka hoki mai anō ngā kupu ki a koe.

(*Ka rūrū te upoko o* HERA.)

ŌWENA: Ehara, ka hoki mai anō. Kua pāpōuri noa iho koe. Nāna koe i whakamataku. Koirā noa iho te mate.

(*Ka āta rūrū nonoi te upoko o* HERA, *ka menemene hoki ia ki a* ŌWENA. *Kātahi ia ka wehe.*

Ka kohikohi a ŌWENA *i ana hanga. Ka neke a* TOATI *i te matapihi ki a* ŌWENA.)

TOATI: Ka oti i a ia.

ŌWENA: Ki te kore a Hōrani e kitea, āe.

TOATI: Ha!

ŌWENA: Nō reira, ka oti katoa i a ia.

TOATI: I pērā anō rātou i te wā e tamariki ana taku koroua.

(*E āta kōrero hāngai ana.*) Ahakoa tō whakaheke i ō

you went to, mapping the place and thinking up new names for it.

(OWEN *busies himself. Pause.*

DOALTY *almost dreamily.*) I've damned little to defend but he'll not put me out without a fight. And there'll be others who think the same as me.

OWEN: That's a matter for you.

DOALTY: If we'd all stick together. If we knew how to defend ourselves.

OWEN: Against a trained army.

DOALTY: The Donnelly twins know how.

OWEN: If they could be found.

DOALTY: If they could be found. (*He goes to the door.*) Give me a shout after you've finished with Lancey. I might know something then. (*He leaves.*)

(OWEN *picks up the Name-Book. He looks at it momentarily, then puts it on top of the pile he is carrying. It falls to the floor. He stoops to pick it up—hesitates— leaves it. He goes upstairs.*

As OWEN *ascends,* HUGH *and* JIMMY JACK *enter. Both wet and drunk.* JIMMY *is very unsteady. He is trotting behind* HUGH, *trying to break in on Hugh's declamation.* HUGH *is equally drunk but more experienced in drunkenness: there is a portion of his mind which retains its clarity.*)

HUGH: There I was, appropriately dispositioned to proffer my condolences to the bereaved mother . . .

JIMMY: Hugh—

HUGH: . . . and about to enter the *domus lugubris*—Maire Chatach?

werawera ki te whakamahere i te whenua, ki te whakaaro
ake i ngā ingoa hou.

(*E warea ana a* ŌWENA *ki tāna e mahi rā. Ka ngū.*
Ānō e moemoeā ana a TOATI.) Kāore e nui aku hanga
hei wawao māku, engari e kore rātou e pana noa i a au,
ka whawhai ahau ka tika. Waihoki, arā ētahi atu he rite ō
rātou whakaaro ki ōku.

ŌWENA: Ko koe ki tāu.

TOATI: Mehemea tātou ka whakapiri. Mehemea tātou i
mōhio me pēhea te wawao i a tātou anō.

ŌWENA: I tētahi ope hōia kua whakangungua.

TOATI: Kei te mōhio ngā māhanga Tōnore me pēhea.

ŌWENA: Mehemea rāua ka kitea.

TOATI: Mehemea rāua ka kitea. (*Ka haere ia ki te kūaha.*)
Karanga mai kia mutu tāu i te taha o Rānahi. Hei reira
kua mōhio pea au. (*Ka wehe ia.*)

(*Ka tiki a* ŌWENA *i te Puka Ingoa. Ka tirohia e ia mō te*
wā poto, kātahi ka whakahokia ki runga ake i ngā pukapuka
e kawe ana ia. Ka makere te pukapuka rā ki te papa. Ka
tūpou ia ki te tiki atu i te pukapuka—ka mānenei—kātahi
ka waiho e ia. Ka piki ia ki te papa tuarua.

I a ŌWENA *e piki ana ki runga, ka tomo mai a* HŪ *rāua*
ko TIMI TIAKI. *E mākū ana, e haurangi tahi ana. Kua*
hūrorirori ngā waewae o TIMI. *E totitoti ana ia i muri i a*
HŪ, *e ngana ana ki te whai i tā* HŪ *kauwhau.*

Kua haurangi hoki a HŪ, *engari he tohunga ake ia ki te*
haurangi: arā tētahi wāhanga o tōna hinengaro e ora tonu
ana.)

HŪ: Nā, arā ahau, e tū tika atu ana ki te tuku i taku aroha ki
te whaea kirimate . . .

TIMI: Hū—

HŪ: . . . ana, kua kuhu tonu atu ki te *domus lugubris*—Moera
Māwhatu?

JIMMY: The wake house.

HUGH: Indeed—when I experience a plucking at my elbow: Mister George Alexander, Justice of the Peace. 'My tidings are infelicitous,' said he—Bridget? Too slow. Doalty?

JIMMY: *Infelix*—unhappy.

HUGH: Unhappy indeed. 'Master Bartley Timlin has been appointed to the new national school.'

'Timlin? Who is Timlin?'

'A schoolmaster from Cork. And he will be a major asset to the community: he is also a very skilled bacon-curer'!

JIMMY: Hugh—

HUGH: Ha-ha-ha-ha-ha! The Cork bacon-curer! *Barbarus hic ego sum quia non intelligor ulli*—James?

JIMMY: Ovid.

HUGH: Procede.

JIMMY: 'I am a barbarian in this place because I am not understood by anyone.'

HUGH: Indeed—(*Shouts*) Manus! Tea!

I will compose a satire on Master Bartley Timlin, schoolmaster and bacon-curer. But it will be too easy, won't it?

(*Shouts.*) Strong tea! Black!

(*The only way* JIMMY *can get* HUGH'S *attention is by standing in front of him and holding his arms.*)

JIMMY: Will you listen to me, Hugh!

HUGH: James.

(*Shouts.*) And a slice of soda bread.

JIMMY: I'm going to get married.

HUGH: Well!

JIMMY: At Christmas.

HUGH: Splendid.

JIMMY: To Athene.

TIMI: Ki te whare mate.

HŪ: Koia—kātahi au ka rongo i a wai rā e kukume ana i taku tuke, ehara, ko Mita Hōri Arekahānara, te Kaiwhakawā Tūmatanui. 'He *infelicitous* aku kōrero,' tāna kī mai— Pirita? Tūreiti. Toati?

TIMI: *Infelix*—pōuri.

HŪ: Āna, he tino pōuri rawa atu. 'Kua kopoua a Mita Pātiri Timirini ki te kura ā-motu hou.'

'Timirini? Ko wai a Timirini?'

'He kura māhita nō Kōka, ā, hei painga nui ia mō te hapori: he pūkenga hoki ia ki te whakapaoa pēkana'!

TIMI: Hū—

HŪ: Ha-ha-ha-ha-ha! Te pūkenga whakapaoa pēkana nō Kōka! *Barbarus hic ego sum quia non intelligor ulli*—Tiemi?

TIMI: Nā Auwhiti.

HŪ: *Procede.*

TIMI: 'He mohoao ahau i tēnei whenua, he kore nō wai rā e mārama mai ki ahau.'

HŪ: Āta koia—(*E hāparangi ana.*) Mānu! He tī!

Māku tētahi kōrero whakatoi e tito mō Māhita Pāitiri Timirini, mō te kura māhita whakapaoa pēkana. Engari ka māmā rawa tērā, nē?

(*E hāparangi ana.*) Kia kaha te tī! Kia pango hoki!

(*Me tū rawa a* TIMI *i mua tonu i a* HŪ *me te pupuri anō i ōna ringa e aro ai a* HŪ *ki a* ia.)

TIMI: Tēnā, whakarongo mai, Hū!

HŪ: Tiemi.

(*E hāparangi ana.*) Me tētahi parāoa hōura.

TIMI: Kei te mārena ahau.

HŪ: E kī!

TIMI: Ā te Kirihimete.

HŪ: Ka mutu pea.

TIMI: Ki a Ātena.

HUGH: Who?

JIMMY: Pallas Athene.

HUGH: *Glaukopis Athene?*

JIMMY: Flashing-eyed, Hugh, flashing-eyed! (*He attempts the gesture he has made before: standing to attention, the momentary spasm, the salute, the face raised in pained ecstasy—but the body does not respond efficiently this time. The gesture is grotesque.*)

HUGH: The lady has assented?

JIMMY: She asked *me—I* assented.

HUGH: Ah. When was this?

JIMMY: Last night.

HUGH: What does her mother say?

JIMMY: Metis from Hellespont? Decent people—good stock.

HUGH: And her father?

JIMMY: I'm meeting Zeus tomorrow. Hugh, will you be my best man?

HUGH: Honoured, James; profoundly honoured.

JIMMY: You know what I'm looking for, Hugh, don't you? I mean to say—you know—I—I—I joke like the rest of them—you know?—(*Again he attempts the pathetic routine but abandons it instantly.*) You know yourself, Hugh—don't you?—you know all that. But what I'm really looking for, Hugh—what I really want—companionship, Hugh—at my time of life, companionship, company, someone to talk to. Away up in Beann na Gaoithe—you've no idea how lonely it is. Companionship—correct, Hugh? Correct?

HUGH: Correct.

JIMMY: And I always liked her, Hugh. Correct?

HUGH: Correct, James.

HŪ: Ki a wai?

TIMI: Para Ātena.

HŪ: *Glaukopis Athene?*

TIMI: Ngā mata rarapa, e Hū, ngā mata rarapa! (*Ka ngana ia ki te mahi i te tuone i mahia e ia i mua rā: e tū tekoteko ana, ka tākiri te tinana, ka oha tōna ringa, e mura ana tōna kanohi i te manahau—engari kāore te tinana e whai atu ana i tēnei wā. E hape kē ana te tuone.*)

HŪ: Kua whakaae mai te wahine?

TIMI: Nāna kē i pātai mai ki a au—nāku i whakaae.

HŪ: Aa, nōnahea tēnei?

TIMI: Nō te pō rā.

HŪ: He aha te kōrero a tana whaea?

TIMI: A Mētihi nō Harapoto? He tangata pai rātou—he momo pai.

HŪ: Me tōna matua?

TIMI: Hei āpōpō hui ai māua ko Heuhi. E Hū, ko koe hei hoa matua mōku i te mārena?

HŪ: Nōku te hōnore, Tiemi; nōku te hōnore nui.

TIMI: E mōhio ana koe ki tāku e rapu nei, nē Hū? Kia pēnei taku kōrero—kei te mōhio koe—ka—ka—ka rere aku whakatoi pēnei i ētahi atu—mōhio koe, nē?—(*Ka whakamātau anō ia i ana rotarota iwikore, engari tere tonu ana tana whakamutu atu.*) Mōhio tonu koe, nē Hū? Mōhio koe ki ērā mea katoa. Heoi anō tāku e tino kimi nei, e Hū—ko tāku e tino pīrangi nei—ko tētahi hoa, e Hū—i tēnei wā o tōku ao, ko tētahi piringa, ko tētahi hoa haere, ko tētahi hoa kōrero. I runga ake rā i Beann na Gaoithe—kāore e ārikarika te pā mai o te mokemoke. Ko te piringa—he tika, nē Hū? He tika?

HŪ: He tika.

TIMI: Kua roa ahau e pai atu ana ki a ia, Hū. He tika?

HŪ: He tika, Tiemi.

177

JIMMY: Someone to talk to.

HUGH: Indeed.

JIMMY: That's all, Hugh. The whole story. You know it all now, Hugh. You know it all.

(*As* JIMMY *says those last lines he is crying, shaking his head, trying to keep his balance, and holding a finger up to his lips in absurd gestures of secrecy and intimacy. Now he staggers away, tries to sit on a stool, misses it, slides to the floor, his feet in front of him, his back against the broken cart. Almost at once he is asleep.*

HUGH *watches all of this. Then he produces his flask and is about to pour a drink when he sees the Name-Book on the floor. He picks it up and leafs through it, pronouncing the strange names as he does. Just as he begins,* OWEN *emerges and descends with two bowls of tea.*)

HUGH: Ballybeg. Burnfoot. Kings Head. Whiteplains. Fair Hill. Dunboy. Green Bank.

(OWEN *snatches the book from* HUGH.)

OWEN: I'll take that. (*In apology.*) It's only a catalogue of names.

HUGH: I know what it is.

OWEN: A mistake—my mistake—nothing to do with us. I hope that's strong enough. (*Tea.*)

(*He throws the book on the table and crosses over to* JIMMY.)

Jimmy. Wake up, Jimmy. Wake up, man.

JIMMY: What—what-what?

OWEN: Here. Drink this. Then go on away home. There may be trouble. Do you hear me, Jimmy? There may be trouble.

TIMI: Hei hoa kōrero mōku.

HŪ: Koia.

TIMI: Koirā noa iho, Hū. Kōira te katoa o te kōrero. Kei te mōhio koe ināianei, e Hū. Kei te mōhio katoa koe.

(*Kua heke ngā roimata o* TIMI *nōna e kōrero ana i ngā kupu whakamutunga nei, e rūrū ana hoki tōna upoko, e whai ana ia kia tika tonu tana tū, ka piri tētahi o ōna matimati ki ōna ngutu hei tohu kia noho tapu tonu ana kōrero. Ka hurori atu ia, ka mea ia ki te noho i tētahi tūru, engari kāore e tau tana noho ki runga, me te aha, hinga tonu atu ia ki te papa ko ōna waewae kei mua i a ia, ko tōna tuarā kei te whirinaki ki te kāta pākarukaru. I taua wā tonu ka warea ia e te moe.*

E mātakitaki atu ana a HŪ. *Ka tango ake ia i tana kotimutu, kua riringi tonu ia i tētahi inu māna, kātahi ia ka kite i te Puka Ingoa e takoto ana i te papa. Ka tīkina atu e ia, wherawhera ai i ngā whārangi, me te whakahua i ngā ingoa rerekē, he pērā tāna mahi. I taua wā tonu, ka puta mai a* ŌWENA, *ka heke iho i te papa tuarua me ētahi oko e rua e kī ana i te tī.*)

HŪ: Parepēke. Pūtuwera. Tokaariki. Māniatea. Puketaioma. Tanipoi. Parenga Karera.

(*Ka kōhaki a* ŌWENA *i te pukapuka i a* HŪ.)

ŌWENA: Māku tēnā. (*I runga i te whakapāha.*) He rārangi ingoa noa iho.

HŪ: Kei te mōhio ahau he aha nā.

ŌWENA: He hē—nōku te hē—kāore i te pā ki a tātou. Ko te tūmanako, kei te pai te kaha o te tī. (*Ka hoatu te tī.*)

(*Ka maka ia i te pukapuka ki te tēpu, ka hīkoi ai ki a* TIMI.)

E Timi. E oho, Timi. E oho, e hoa.

TIMI: He aha—he aha nā?

ŌWENA: Anei. Inumia tēnei, ka hoki ai ki te kāinga. He raruraru pea kei te haere. Kei te rongo mai koe, Timi? He raruraru pea.

179

HUGH: (*Indicating Name-Book.*) We must learn those new names.

OWEN: (*Searching around.*) Did you see a sack lying about?

HUGH: We must learn where we live. We must learn to make them our own. We must make them our new home.

(OWEN *finds a sack and throws it across his shoulders.*)

OWEN: I know where I live.

HUGH: James thinks he knows, too. I look at James and three thoughts occur to me: A—that it is not the literal past, the 'facts' of history, that shape us, but images of the past embodied in language. James has ceased to make that discrimination.

OWEN: Don't lecture me, Father.

HUGH: B—we must never cease renewing those images; because once we do, we fossilise. Is there no soda bread?

OWEN: And C, Father—one single, unalterable 'fact': if Yolland is not found, we are all going to be evicted. Lancey has issued the order.

HUGH: Ah. *Edictum imperatoris.*

OWEN: You should change out of those wet clothes. I've got to go. I've got to see Doalty Dan Doalty.

HUGH: What about?

OWEN: I'll be back soon.

(*As* OWEN *exits.*)

HUGH: Take care, Owen. To remember everything is a form of madness.

(*He looks around the room, carefully, as if he were about to*

HŪ: (*E tohu ana ki te Puka Ingoa.*) Me ako tātou i ērā ingoa hou.

ŌWENA: (*E rapurapu haere ana.*) I kite rānei koe i tētahi pēke i konei?

HŪ: Me ako tātou kei hea tātou e noho ana. Me ako tātou i ngā ingoa rā kia mau i a tātou. Me whakarite hei kāinga hou mō tātou.

(*Ka kite a ŌWENA i tētahi pēke, kātahi ka tākawetia ki runga i ōna pokohiwi.*)

ŌWENA: Kei te mōhio ahau kei hea ahau e noho ana.

HŪ: Kei te pōhēhē hoki a Tiemi e mōhio ana ia. Kia titiro ahau ki a Tiemi, e toru ngā whakaaro ka toko ake: Tuatahi—ehara i te mea nā ngā rā tonu o mua, nā ngā 'meka' o mua, tātou i whakarite kia pēnei, engari kē nā ngā whakaahua o mua e mau ana i te reo. Kua kore a Tiemi e kite i te rerekētanga.

ŌWENA: Kei kauwhau mai koe, Pāpā.

HŪ: Tuarua—kia kaua rawa atu e mutu tā tātou whakahou i aua whakaahua; nā te mea kia pērā tātou, ka rite tātou ki te toka, e kore nei e huri. Kāore rānei he parāoa hōura?

ŌWENA: Ko te tuatoru, Pāpā—ko tētahi 'meka' kotahi, e kore nei e rerekē: ki te kore a Hōrani e kitea, ka panaia tātou katoa. Kua takoto te whakahau a Rānahi.

HŪ: Aaa. *Edictum imperatoris.*

ŌWENA: Me unu koe i ēnā kaka mākū. Me haere au. Me kite au i a Toati Tāne Toati.

HŪ: He aha te kaupapa?

ŌWENA: Kāore au e roa.

(*I a ŌWENA e puta atu ana.*)

HŪ: Haere pai atu, Ōwena. He pōrangi te whai kia maumahara koe ki ngā mea katoa.

(*Ka āta tirotiro ia i te rūma, ānō nei kua wehe tonu ia mō āke tonu atu. Ka titiro atu ia ki a TIMI, kua hoki nei ki te*

leave it forever. Then he looks at Jimmy, asleep again.)
The road to Sligo. A spring morning. 1798. Going into
battle. Do you remember, James? Two young gallants
with pikes across their shoulders and the Aeneid in
their pockets. Everything seemed to find definition that
spring—a congruence, a miraculous matching of hope
and past and present and possibility. Striding across the
fresh, green land. The rhythms of perception heightened.
The whole enterprise of consciousness accelerated. We were
gods that morning, James; and I had recently married my
goddess, Caitlin Dubh Nic Reactainn, may she rest in
peace. And to leave her and my infant son in his cradle—
that was heroic, too. By God, sir, we were magnificent.
We marched as far as—where was it?—Glenties! All of
twenty-three miles in one day. And it was there, in Phelan's
pub, that we got homesick for Athens, just like Ulysses.
The desiderium nostrorum—the need for our own. Our
pietas, James, was for older, quieter things. And that was
the longest twenty-three miles back I ever made. (*Toasts*
JIMMY.) My friend, confusion is not an ignoble condition.
(MAIRE *enters.*)

MAIRE: I'm back again. I set out for somewhere but I
couldn't remember where. So I came back here.

HUGH: Yes, I will teach you English, Maire Chatach.

MAIRE: Will you, Master? I must learn it. I need to learn it.

HUGH: Indeed you may well be my only pupil. (*He goes
towards the steps and begins to ascend.*)

moe.)

Ko te rori atu ki Haikou. I tētahi ata i te kōanga. Ko te
tau, 1798. I te haere atu ki te pakanga. Kei te mahara koe,
Tiemi? Tokorua ngā taitama hautoa, he tao kei ō rāua
pokohiwi, ā, kei ngā pūkoro te ruri o Aniēre. Ānō i whai
māramatanga ngā mea katoa i taua kōanga—i te tapatahi,
i te tūhono noa ngā tūmanako ki ngā rā o mua, ki taua
wā rā, ki ngā āheinga hoki. E tāwhai atu ana i te whenua
māota. Kua mārama kehokeho te titiro. Kua hikohiko
ake te hinengaro katoa. He atua hoki tātou, i taua ata,
Tiemi; waihoki kātahi anō māua ko taku atua wahine ka
mārena, ko Katerīni Tuwhe Niki Riaketāne, ko te aunga
o te moe ki a ia. Ko te whakarere i a ia me taku tamaiti
kōhungahunga i tōna pouraka, he mahi hautoa hoki tērā.
E tama, he inati tō mātou whakahirahira. I hīkoi mātou
ki—ki hea rā?—ki Kereniti! E rua tekau mā toru māero i
te rā kotahi. Ana, i reira, i tō Wheirana pāparakāuta, ka pā
mai te whakamomori ki te ūkaipō, ki Ātena, pēnā anō i a
Ūrihi. Ko te *desiderium nostrorum*—arā, ko te matemate-
ā-one. Ko tō mātou *pietas*, Tiemi, ki ngā mea o mua, ki
ngā mea mārire. Nā, ko taua rua tekau mā toru māero te
hokinga roa katoa i tōku ao. (*Ka hiki a* HŪ *i tana inu ki a*
TIMI.) E hoa, ehara te rangirua i te āhuatanga e māteatea
ai te tangata.

(*Ka tomo mai a* MOERA.)

MOERA: Kua hoki mai anō ahau. I whakatika ahau ki te
haere ki whea rā, engari kua wareware ki whea. Nō reira
kua hoki mai.

HŪ: Āe, māku koe e whakaako ki te reo Ingarihi, Moera
Māwhatu.

MOERA: Nē, Māhita? Me ako ahau. Me tino ako ahau.

HŪ: Ko koe anahe pea taku ākonga kotahi. (*Ka ahu atu a*
HŪ *ki ngā arapiki, piki atu ai.*)

MAIRE: When can we start?

HUGH: Not today. Tomorrow, perhaps. After the funeral. We'll begin tomorrow. (*Ascending.*) But don't expect too much. I will provide you with the available words and the available grammar. But will that help you to interpret between privacies? I have no idea. But it's all we have. I have no idea at all. (*He is now at the top.*)

MAIRE: Master, what does the English word 'always' mean?

HUGH: *Semper—per omnia saecula.* The Greeks called it '*aei*'. It's not a word I'd start with. It's a silly word, girl. (*He sits.*)

(JIMMY *is awake. He gets to his feet.*

MAIRE *sees the Name-Book, picks it up, and sits with it on her knee.*)

MAIRE: When he comes back, this is where he'll come to. He told me this is where he was happiest.

(JIMMY *sits beside* MAIRE.)

JIMMY: Do you know the Greek word *endogamein?* It means to marry within the tribe. And the word *exogamein* means to marry outside the tribe. And you don't cross those borders casually—both sides get very angry. Now, the problem is this: Is Athene sufficiently mortal or am I sufficiently godlike for the marriage to be acceptable to her people and to my people? You think about that.

HUGH: *Urbs antiqua fuit*—there was an ancient city which, 'tis said, Juno loved above all the lands. And it was the goddess's aim and cherished hope that here should be the capital of all nations—should the fates perchance allow

MOERA: Āhea tāua tīmata ai?

HŪ: Kaua i tēnei rā. Āpōpō pea. Ā muri i te tangihanga. Āpōpō tāua tīmata ai. (*E piki ana.*) Engari kei kaha rawa ō tūmanako. Māku koe e whāngai ki ngā kupu me ngā whakatakotoranga kei a au. Engari ka āwhina rānei tērā i a koe ki te whakamāori i ngā muna? Kāore au i te mōhio. Heoi anō, koirā noa iho kei a tāua. Kāore au i te paku mōhio. (*Kua tae ia ki runga.*)

MOERA: Māhita, he aha te tikanga o te kupu Ingarihi, 'āke'?

HŪ: *Semper—per omnia saecula.* Hei tā ngā Kariki, ko te '*aei*'. Ehara i te kupu hei tīmatanga māku. He kupu heahea, e kō. (*Ka noho ia.*)

(*Kua oho a* TIMI. *Kua tū ia ki runga.*
Ka kite a MOERA *i te Puka Ingoa, ka tīkina atu e ia, ka noho ia e takoto ana te pukapuka i ōna kūhā.*)

MOERA: Kia hoki mai ia, ka hoki mai ia ki konei. I kī mai ia koinei te wāhi i harikoa katoa ai ia.

(*Ka noho a* TIMI *i te taha o* MOERA.)

TIMI: Kei te mōhio koe ki te kupu Kariki *endogamein*? Ko te aronga, ko te moe i tētahi nō roto tonu i te iwi. Ā, ko te *exogamein*, ko te moe i tētahi nō waho o te iwi. Ā, kāore te tangata e takahi noa iho i ērā tikanga—ka pukuriri ngā taha e rua. Kāti, ko te raru kē ko tēnei nā: Ka nui rawa te ira tangata o Ātena, ka nui rawa rānei te ira atua ōku e whakaaetia ai tō māua moenga e ō māua iwi? Whakaarotia ake tērā.

HŪ: *Urbs antiqua fuit*—tērā tētahi pā tawhito, ā, e ai te kōrero, i kaha noa atu te aroha o Hūno ki taua pā i ngā wāhi katoa, puta noa. Ko te whāinga me te tūmanako nui o te atua wahine nei, ko reira hei nohoanga matua mō ngā iwi katoa—ina whakaaetia mai e te mana o te wā. Engari ka kite ia arā tētahi momo e heke mai ana i ngā kāwai Torohana hei turaki i ēnei pourewa Tiriana, ā tōna wā—he

that. Yet in truth she discovered that a race was springing
from Trojan blood to overthrow some day these Tyrian
towers—a people *late regem belloque superbum*—kings of
broad realms and proud in war who would come forth for
Lybia's downfall—such was—such was the course—such
was the course ordained—ordained by fate . . . What the
hell's wrong with me? Sure I know it backways. I'll begin
again. *Urbs antiqua fuit*—there was an ancient city which,
'tis said, Juno loved above all the lands.
(*Begin to bring down the lights.*)
And it was the goddess's aim and cherished hope that
here should be the capital of all nations—should the fates
perchance allow that. Yet in truth she discovered that a
race was springing from Trojan blood to overthrow some
day these Tyrian towers—a people kings of broad realms
and proud in war who would come forth for Lybia's
downfall . . .

(*Black.*)

iwi *late regem belloque superbum*—he kīngi i runga i ngā whenua whānui, he kīngi tohe ki te riri, ka whakaete mai i te hinganga o Rīpia—ana i pērā—i pērā hoki rā—ko te ara tērā i whakaaetia ai—i whakaaetia ai e te mana o te wā . . . He aha oti tōku mate? Kei te mōhio ahau ki mua, ki muri hoki o te kōrero nei. Kia tīmata anō ahau. *Urbs antiqua fuit*—tērā tētahi pā tawhito, ā, e ai te kōrero, i kaha noa atu te aroha o Hūno ki taua pā i ngā wāhi katoa, puta noa. (*Kia āta tinei haere i ngā rama.*)

Nā, ko te whāinga me te tūmanako nui, ko reira hei nohoanga matua mō ngā iwi katoa—ina whakaaetia mai e te mana o te wā. Engari ka kite ia arā tētahi momo e heke mai ana i ngā kāwai Torohana hei turaki i ēnei pourewa Tiriana, ā tōna wā—he kīngi i runga i ngā whenua whānui, he kīngi tohe ki te riri, ka whakaete mai i te hinganga o Rīpia . . .

(*Kua pōuri katoa.*)

NGĀ ĀPITIHANGA

Ngā kōrero Kariki me ngā kōrero Rātini i te tuhinga

Page 19   *Τὸν δ᾽ ἠμείβετ᾽ ἔπειτα θεὰ γλαυκῶπις Ἀθήνη*
                                    (Homer, *Odyssey*, XIII, 420)
          Aronga: 'Kātahi ka whakautu te atua wahine, e kiwikiwi
          nei ōna karu, i a ia'

Page 21   *ἀλλὰ ἔκηλος ἧσται ἐν Ἀτρείδαο δόμοις*
                                    (Homer, *Odyssey*, XIII, 423-4)
          Aronga: '. . . engari noho maho ai ia i te kauhanganui o
          ngā Tama o Ātene . . .'

Page 23   *Ὡς ἄραμιν φαμένη ῥάβδῳ ἐπεμάσσατ᾽ Ἀθήνη,*
                                    (Homer, *Odyssey*, XIII, 429)
          Aronga: 'I a Ātena e kōrero ana i pā tana tira ki a ia.'
          κνύζωσεν δὲ οἱ βασε   (Homer, *Odyssey*, XIII, 433)
          Aronga: 'Nāna i whēkite ai ōna karu'.

Page 25   Γλαυκῶπις Ἀθήνη
          Aronga: ko Ātena mata rarapa

Page 27   *Αὐτὰρ ὁ ἐκ λιμένος προσέβη*   (Homer, *Odyssey*, XIV, 1)
          Aronga: 'Engari i ahu atu ia i te whanga . . . '
          ὁ οἱ βιότοιο μάλιστα   (Homer, *Odyssey*, XIV, 3-4)
          Aronga: '. . . i kaha tana tiaki i tana rawa . . .'

Page 31   Esne fatigata?: Kei te ngenge koe?
          Sum fatigatissima: Kei te tino ngenge ahau.
          Bene! Optime!: Ka pai! Ka rawe!

Page 35   Ignari, stulti, rustici!: Rorirori, poroheahea,
                tautauheahea!
           Responde-responde!: Whakautu mai, whakautu mai!
           θεóg: he atua

Page 37   *θéa*: he atua wahine

Page 41   Nigra fere et presso pinguis sub vomere terra.
           He one paraumu, he one haumako e takoto ana i raro
                iho i te pēhi a te parau.

Page 43   cui putre: he one ngahoro

Page 53   adsum: kei konei ahau
           sobrietate perfecta: e tūtika katoa ana
           sobrius: e tūtika ana

Page 55   ave: nau mai
           caerimonia nominationis: te iriiringa
           βαπτίζειν: ko te rumaki ki te wai
           baptisterium: he puna mātao, he puna kaukau

Page 57   Gratias tibi ago: e whakamoemiti ana ki a koe
           studia: ngā akoranga
           perambulare: e hīkoi haere ana

Page 59   verecundus: e whakamōwai ana
           conjugo: ka hono atu au
           acquiesco, acquiescere: ka tau, ka tau te mauri
           procede: haere tonu

Page 61   Silentium!: Hoihoi!
           diverto, divertere: ka huri kē

Page 181 edictum imperatoris: te whakahau a te kaiārahi

Page 183 desiderium nostrorum: te matemate-ā-one.
pietas: te ngākau whakapono

Page 185 Semper—per omnia saecula. Mō āke tonu atu.
dei: mō āke tonu
ἐνδογαμεῖν: ko te moe i tētahi nō roto i te iwi
eoyauetv: ko te moe i tētahi nō iwi kē
Urbs antiqua fuit. Tērā tētahi pā tawhito.

Page 187 late regem belloque superbum: he kīngi i runga i ngā
whenua whānui, he kīngi tohe ki te riri